KB099319

당신의 이야기를 들려주세요

냥식당

냥식당 이용 안내

오시는 길

옷장 속

운영시간

일과 후

휴무일

게시판에 공지하고 있으니 참고 부탁드려요 🙏

1. 예약 시스템은 따로 운영하지 않습니다.
2. 실내복으로 갈아입고 긴장을 풀 것을 권장합니다.
3. 사장의 멘탈 보호를 위해 어려운 음식은 제공하지 않습니다.
4. 고객의 비밀 보장을 위하여 동반 입장을 제한하고 있습니다.

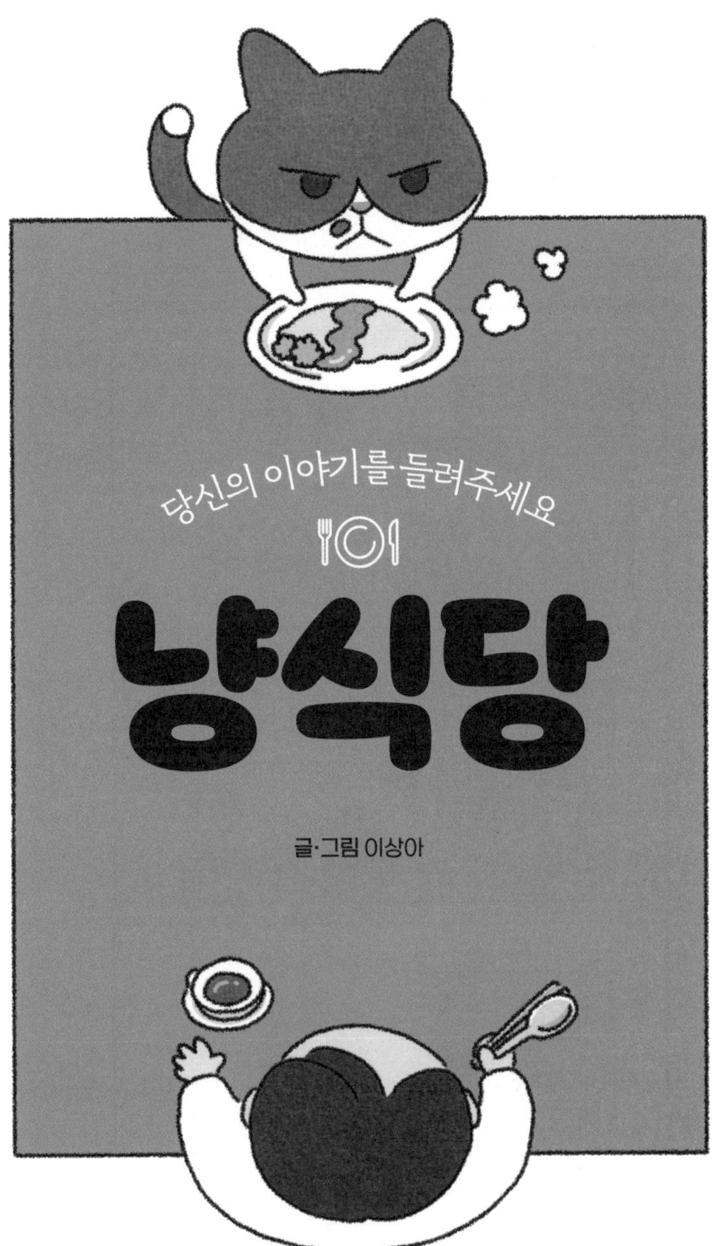
당신의 이야기를 들려주세요
냥식당
글·그림 이상아

여기는 옷장 속, 어쩌면 당신의 꿈 속

동양북스

고된 하루 끝.

아휴... 피곤해.

철컥

안녕?
왔어요?

라면 돼?
돼.

무슨 일 있었어요?
말도 마, 입 아파~

아니~
오늘 회사에서~~~

야, 너 내 얘기
듣고 있냐구.
그래 가지고
내가~~~

잘 먹고 간다.
장사마저 잘 하고 와.

우리 집사지만
너무 시끄러워…
고생했어.

정신 차리고
다음 손님 맞을 준비하자.

못다 한 이야기가 있어요?

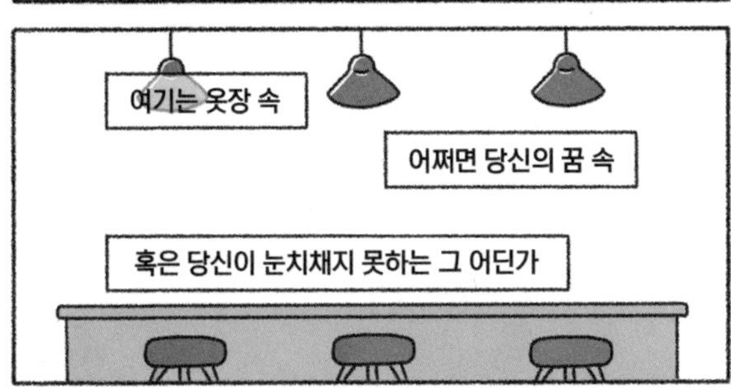
여기는 옷장 속
어쩌면 당신의 꿈 속
혹은 당신이 눈치채지 못하는 그 어딘가

가장 편한 옷으로 갈아입고 놀러 와요.

요리도 서툴고 위로도 서툴지만,

털어놓는 것만으로 위안이 된다면,
언제든 들어 줄 준비가 되어 있어요.

저… 계세요?

퇴근하고 옷을
갈아입던 참인데,

여기가 보이지 뭐예요?
옷장 속에 이런 공간이
있을 줄이야.

어서 오세요

냥식당에 잘 오셨어요.

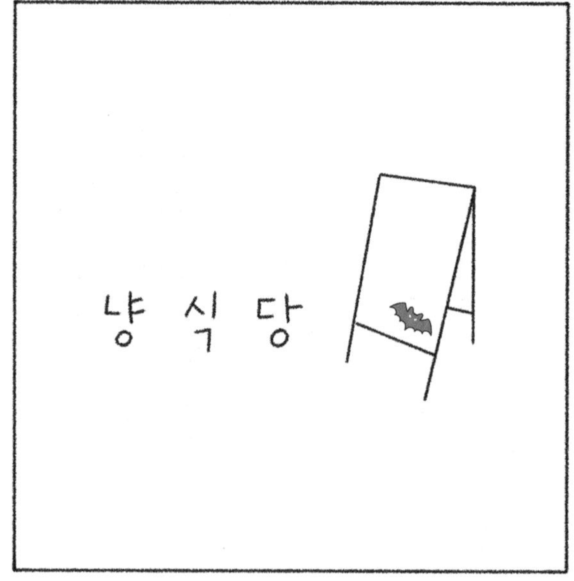
냥 식 당

CHAPTER 1
서툴지만 찬란한 날들

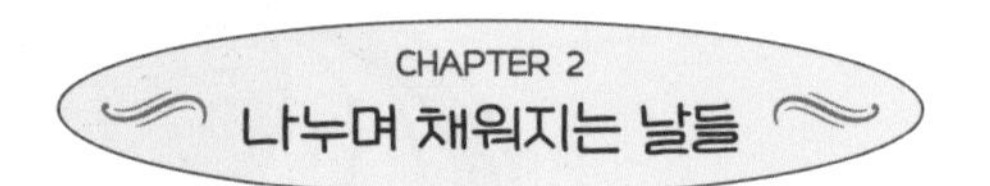

CHAPTER 3
저물며 차오르는 날들

CHAPTER 4
보내고 맞이할 날들

CHAPTER 1

서툴지만 찬란한 날들

봄이 오면 매화와 산수유가 수줍게 꽃망울을 틔우고 머지않아 벚꽃이 흐드러져요. 용케 피어나기 위해 치열하게 고민하고 부단히 애를 썼겠지요. 언젠가 찾아올 나의 계절을 기다리는 아름다운 존재들에게 아낌없는 응원을 보냅니다. 그대는 눈이 부셔요.

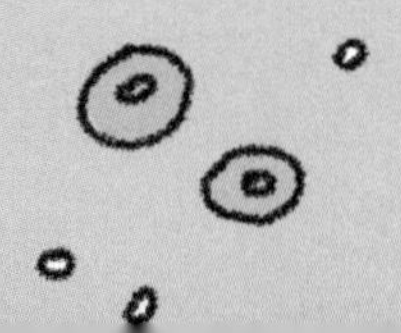

이제 거의 다 폈네.

예쁘네, 좋을 때다.

얼른 집에 가서 저녁 먹고...

저녁 먹고
보고서 좀 마무리하고...
이력서도 손 보고...

계세요?
어서 오세요.

와, 여기도 봄이네!
기분 좀 내봤어.

아, 이거 같이 먹을래?
오는 길에 초밥 포장 해왔는데...
헐, 연어.

이거 마셔봐.
하이볼.
어울릴 것 같아서.
지금 딱 필요한 거였어!

와아, 나 지금 정말 행복한 듯.
행복이 별거 없지?

사실은 조금 울적했거든?
왜, 무슨 일 있었어요?

별일 없어~
그런데 날이 너무 좋으니까
도리어 울적한 기분이 드는 거야.

연인들... 가족들...
하나같이 다 행복해 보이는데,

나는 뭐 하나
이뤄놓은 것도 없고...
그냥 이렇게 계속
제대로 펴보지도 못하고
살아가는 걸까 싶어서.

그 사람들도 속으로는
수백 가지 고민이 있을 텐데 뭐.
그럼에도 불구하고
힘껏 행복한 거잖아.

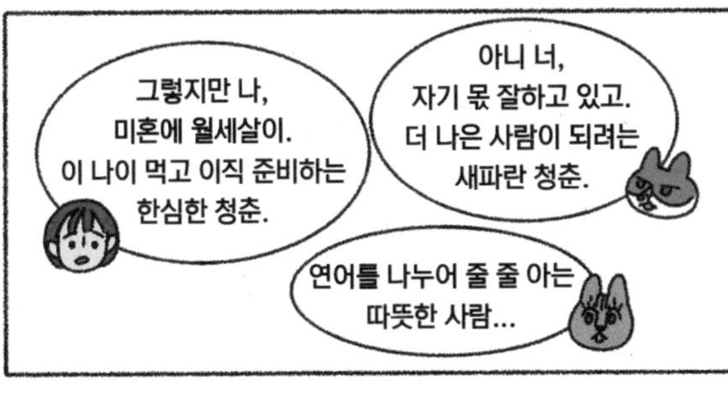
그렇지만 나,
미혼에 월세살이.
이 나이 먹고 이직 준비하는
한심한 청춘.
아니 너,
자기 몫 잘하고 있고.
더 나은 사람이 되려는
새파란 청춘.
연어를 나누어 줄 줄 아는
따뜻한 사람...

그리고 모든 꽃이
봄에 피는 건 아니잖아.
코스모스가 가을에 핀다고
한심하다는 사람은 아무도 없어.

제 눈엔 지금 누나도
꽃 같아요.
그렇게 말해줘서 고마워.

예쁘네, 좋을 때다.

냥 식 당

02

산책을 좋아하는 이대리

으음, 집사가 먹던 와인인데,
맛 좀 볼래?
사양 안 할게~

나, 너무 기호가 없나?
곤란하지? 미안.
미안할 게 뭐가 있어요.
그러게.

사실,
내가 좋아하는 게 뭔지
잘 모르는 것 같아.
이렇다 할 취미도 꿈도 없고
그냥 주어진 대로
하루하루 지내.

좋아하는 일을
하면서 살라는데,
이거 아니면 죽겠다 하는 일도 없고,
가슴 뛰는 일도 좀처럼 없어.

나만 물에 물 탄 듯~ 술에 술 탄 듯~
그저 흘러가는 대로 사는 건가?
뭐라도 해야 하는 걸까?

...산책한다고 생각해.
산책?
산책!

달리기를 좋아하는 사람도 있지만
산책을 좋아하는 사람도 있잖아.
열정적으로 내달리는 삶만이 정답은 아니지.
다들 자신만의 속도가 있으니까.

천천히 가도, 돌아가도, 나무라는 사람이 없으니까 산책은.
여유 있게 걷다가, 목적지가 생기면 속도를 좀 높여도 되는 거고.

나 봐. 딱히 요리는 좋아하지 않았는데,
하다 보니 길을 찾아가고 있어.
콘치즈, 먹을래?
너저분~
찾고 있는 거 맞지...?

걷다 보면 찾지 않을까요?
마음에 드는 나만의 길.
고마워. 천천히 찾아보도록 할게.
내가 뭘 좋아하는지.

저... 과장님!
저 좋은 와인 좀 알려주세요.
헐? 대리님이 일말고
다른 질문을 하시다니!

비싼 와인은 말해줄 수 있는데 좋은 와인은 모르겠어요.
정답은 각자 찾는 거니까.
어떤 토지, 어떤 품종, 어떤 와이너리냐에 따라서
수천 가지 향이 있는걸.

이것저것 마셔보다 보면 찾지 않을까?
본인의 취향.
근데 와인 갑자기 왜요?
여자친구~?

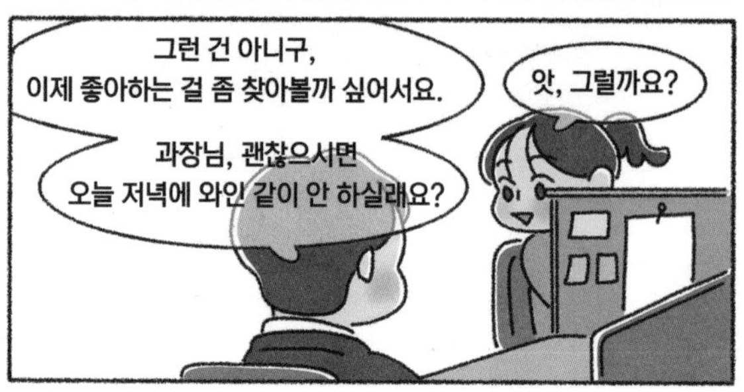
그런 건 아니구,
이제 좋아하는 걸 좀 찾아볼까 싶어서요.
앗, 그럴까요?
과장님, 괜찮으시면
오늘 저녁에 와인 같이 안 하실래요?

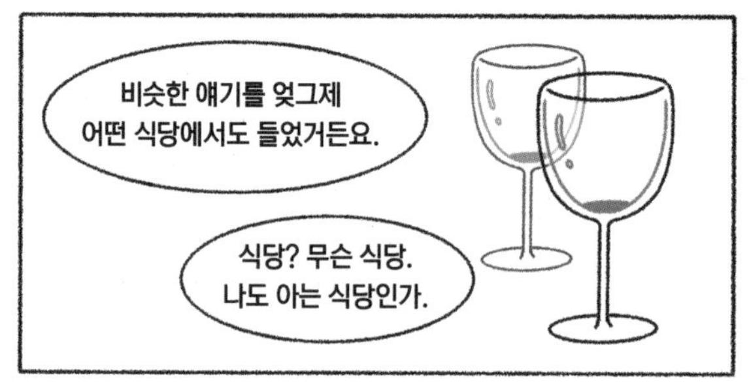
비슷한 얘기를 엊그제
어떤 식당에서도 들었거든요.
식당? 무슨 식당.
나도 아는 식당인가.

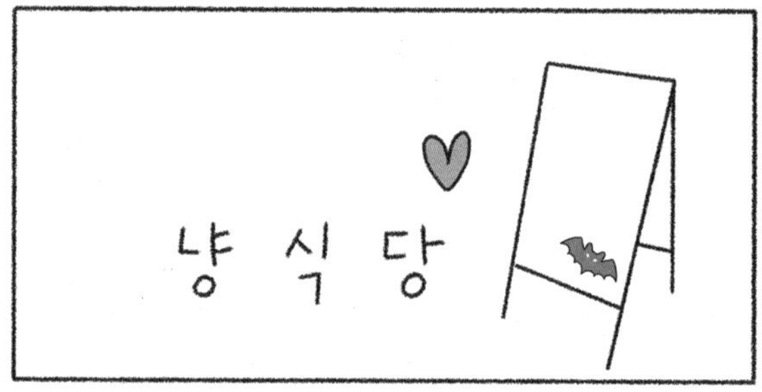
냥 식 당

자주 와주셔서 감사해요.
좋은 하루 되세요!

번거롭게 해서 미안해요.
아니에요~
금방 다시 해드릴게요!

저기요.
주문을 똑바로 받으셔야죠.
죄송합니다...

그거 하나 처리를 못 하는 거야?
주의하겠습니다...

에구구...

안녕~
소맥 한잔 부탁해요~

크아~
오늘도 고된 하루였다!
고생했어요.

떡볶이...?
좋지!
떡볶이에 소맥!
내 소울푸드야!!!

있지, 내가 주변 사람들
기분을 좋게 만드는 능력이 있대.
응응, 그런 것 같아요.

그런 소리를 들어서일까,
말 한마디를 해도 더 신경 써서 하고,
웃는 얼굴로 대하려고 노력하거든?

그런데 사람들은
내게 그러지 않아.

다 돌아올 거야.
돌아온다니?

네가 한 따뜻한 말들, 네가 전한 좋은 기운
다 돌고 돌아서 그만큼 너한테 돌아올 거야.
총량의 법칙이란 게 있거든.

마찬가지로 무심하게 뱉어낸
차가운 말들, 부정적인 감정들도
어떤 형태로든 고스란히 돌아오게 되어있어.

그러니까 의기소침하지 말고 살던 대로 살아.
좋은 일들이 엄청 대기 중이거든? 고양이 눈엔 보여.
정말~?

어떤 좋은 일이 생기려나~
매일 오는 훈남 손님이
말을 건다거나? 히히.

저 직원... 웃는 얼굴이 햇살 같아요.

...과장님 웃는 얼굴도 보기 좋아요!
아이참!
퍽
아파요...
저,

전부터 지켜 봤는데요...
대박, 실화...?

냥식당

04

평범한 사치

학자금 대출 출금...
그래도 월급날인데 호사 좀 부려볼까.

에이, 아니다.
집에 해치워야 하는 식자재가 많아.

파인다이닝...
인피니티 풀...

차 바꿨네.
코인 대박났나?

이번 역은 OO역...
앗, 내려야 돼.

다들 여유로워 보이네.
나만 아등바등 사나 봐.

안녕하세요~

저녁 먹었어요?
아니, 아직.
월급날인데 맛있는 거 사 먹지.
됐어~

그렇다면 내가 고급 요리를...
짜파게티 좋아해?
...?
어엉...

짜파게티라고 해서
별거 아닌 것 같겠지만,
자, 보라구.
트러플 오일?

비록 트러플 함량 0.1%이지만
트러플이다. 만 원 줬지.
아, TV에서 그렇게 먹는 거
본 적 있어.

여기에 청양 고추!
계란 노른자!
집사가 다이어트한다고
냉장고에 처박아두고 잊어먹은
우삼겹...!

얼른 한입 해요. 배고플 텐데.
와우.

으음...!

사치랄 게 별 거 없지?
찌르르

그러네, 엄청 호화스러운 맛이네.

5성급 호텔 룸서비스야?
이거야?
오늘은 이거!

그래. 별거 없다구.
내가 행복하면 그만이야.

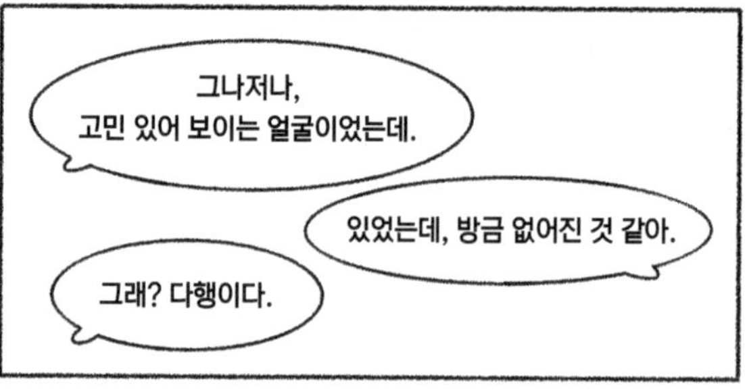
그나저나,
고민 있어 보이는 얼굴이었는데.
있었는데, 방금 없어진 것 같아.
그래? 다행이다.

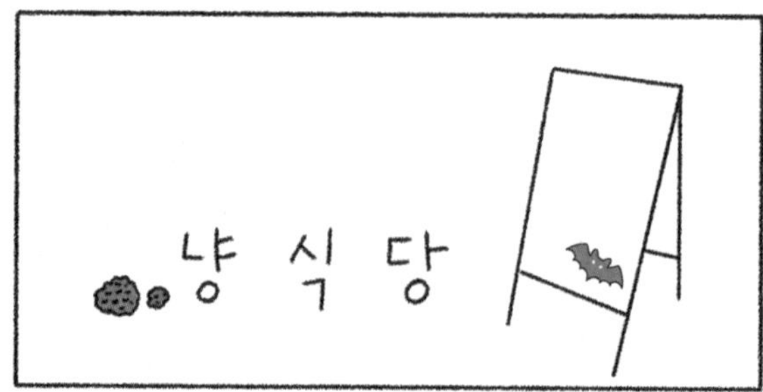
냥 식 당

10000

그러고 보니
오늘 하늘을 한 번도 못 봤네.

나, 잘하고 있는 건가.

오늘 목표량 못 채운 거
좀만 더 보다 자야겠다.

어서 오세요.

저녁은?
아, 컵밥 사 먹었어!
살치살 구워 줄게.
앗?

오늘은 하루는 어땠어요?
매일 똑같지 뭐!
종일 책이랑 인강 봤어.
오늘도 열심히 살았네!

열심히 살았지! 다만...
목표를 너무 높게 잡은 건 아닐까,
하는 생각이 자꾸 들어.

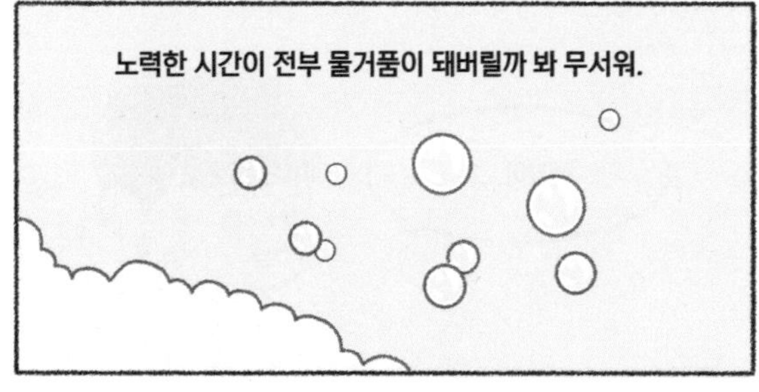
노력한 시간이 전부 물거품이 돼버릴까 봐 무서워.

잘될 거야!
라는 말은 많이 들어봤겠지?

많이 들어봤지.
고맙게도 응원해 주는 사람이 많은걸.

이 말은 어때?
잘 안돼도 괜찮아.
물거품이 되지 않을 거야.

괜찮아...?

Shoot for the moon.
Even if you miss. You'll land among the stars.

지금 말이야.
수도 없이 흔들리고 불안하겠지만,
달을 향해 잘 가고 있는 중이야.

설령 달에 못 닿아도,
빛나는 별들 속에 있을 거야.

달에 닿기를 진심으로 응원하지만,
빛나는 별들 속도 꽤 근사하거든.

너무 걱정 하지 말지어다.
다음엔 갈비살 먹을래?
어엇!

예쁘다…

화이팅, 젊은이…!

냥식당

꺄르르

거기 기억나?
우리 십 년 뒤에 다시 놀러 가자고 했던!

아, 그랬었어?

그래서 집은 어디로 옮기기로 했어?
아, 그거 회사에서~

오랜만에 실컷 수다 떨었다.
조심해서 들어가!

오랜만에 친구들 만나고 왔네요!
응. 즐거웠어!

분명히 즐거웠는데.
자꾸 쓸쓸한 기분이…
있잖아.
나만 뒤에 머물러 있는 걸까?

자, 달달한 거.
옛날 와플!
사과잼!

이런 와플은 오랜만이야.
요즘 와플도 화려하고 맛있지만,
난 이게 더 좋더라.
냠냠

학교 앞에서 애들이랑
진짜 많이 사 먹었거든!
근데 걔넨 이제 그런
사소한 건 추억하지 않겠지...?
다들 바쁘고...

뒤처진 게 아니라
여유가 더 있어서
조금 뒤에서 걷는다고 생각해.

다들 뒤를 돌아봐.
다만 각자의 길을 걸어가다 보니
돌아보는 순간이 다른 것뿐.

네가 채 생각하지 못한 순간에
누군가가 사무치게 널
추억할 수도 있는 거고.
그럴 수도 있겠네.

우편함 확인해봐. 5분 안에!
엥?

헐!

야아, 이게 뭐야.
지나가다가 보고
네가 좋아했던 거 생각나서.

그렇다고 우리 집까지 다시 오냐.
가지마, 올라왔다가 가!
아니야 아니야,
집 가서 할 일 있어~

냥 식 당

07

다채로운 컵 컬렉션

이런. 또 깨 먹었네.

선물 받은 세튼데…
또 짝짝이가 돼버렸어.

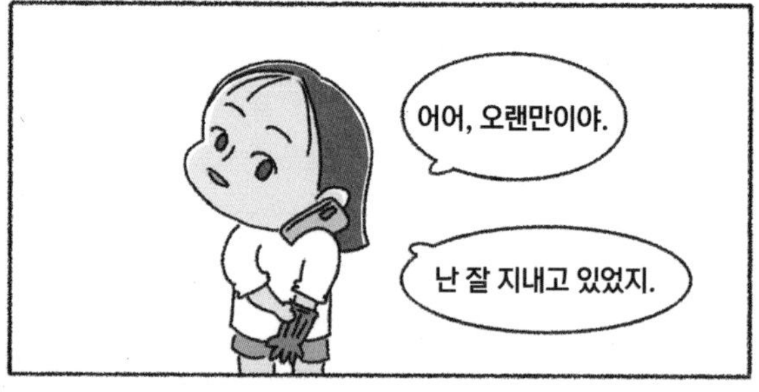
어어, 오랜만이야.
난 잘 지내고 있었지.

만나는 사람?
헤어졌어. 응. 그때 걔.
뭐 이유가 어딨어.

OO이? 나도 연락 안 해…
그러게. 예전에 넷이서 잘 다녔는데.

나이가 들어 갈수록,

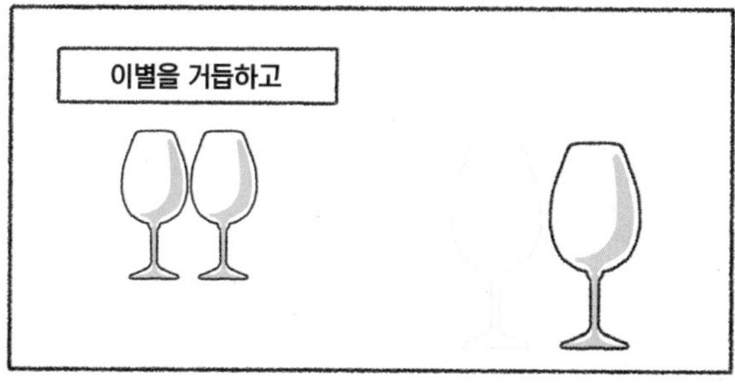
이별을 거듭하고

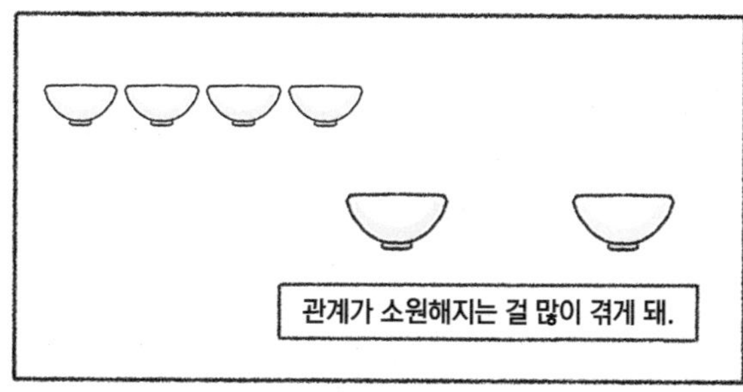
관계가 소원해지는 걸 많이 겪게 돼.

남겨지는 건 늘 쓸쓸해.

그런데 이젠 익숙하기도 해.
무뎌진 건지,
초라해 보이지 않으려고
괜찮은 척을 하는 건지.

자, 냉장고 속 남은 재료로 만든 카레.
어제 남은 거 또 끓인 거야.
원래 다음날 카레가 더 맛있지.

마찬가지 아냐?
더 깊어지고,
더 다채로워지지 않았을까?

...나 말이야?
너 말이야.

이따 나가서 찬장을 한 번 열어 봐.
하나하나에 집중하지 말고, 좀 멀리 떨어져서 전체를 봐봐.

어때, 남겨진 모습이 초라해?
. . .
짝을 잃고 남은 잔들.

다시 보니,
어느새 예쁜 컬렉션.

이것도 괜찮네.

깊어지고 다채로워진 나.

내 양말 한 짝 누가 또 팔아먹었어?
다, 다채로운…
시끄럽고, 빨리 찾아 와!

냥식당

이 아침에 어딜 가?
산에 좀 다녀오려고요.

일이 잘 안 풀리냐?
그러니까 내가 말했지. 남들처럼~
아이고, 또 시작하신다. 다녀올게요.

땀으로 샤워했네.

좋은 아침!
주말인데 왜 더 안 잤어요?
아, 아침에 등산 갔다 오는 길.
뭐 마음 복잡한 일 있어? 그럴 때마다 산에 갔잖아.
들켰네.

요즘 생각이 많아.
잘하고 있는 건가,
이 길을 계속 가도 되는 건가.

우리도 아침 먹으려던 참인데.
계란 프라이 먹을래?
좋지!

잘하고 있어. 훌륭해.
제대로 가고 있고,
많이 왔어.

등산했을 때 생각해 봐.
이 길이 끝이 없는 것 같지만
돌아보면 어느새 많이 와 있지.

그렇게 가다 보면
목적한 곳에 닿는다는 걸
잘 알고 있잖아?

남들이 많이 가지 않는 길이라
확신이 없어.
길을 잃으면 어떡해?
지쳐서 원하는 데까지
못 가게 되면?

목적지를
바꿀 수도 있지.
"오늘은 무슨 봉까지만
다녀오자!"하고.

우리는 그걸
실패한 등산이라고
부르지 않잖아?

어찌 됐든 내려와서
파전이랑 막걸리 먹으면
맛있는 건 똑같아.
하하

계란 프라이라고
하지 않았어...?
중간에
스크램블로 바꿈.

자, 제일 예쁘게 된 거 너 줄게.
먹고 또 가보자고.
고마워.

냥식당

슬픈 예감은 틀리지 않고,
나쁜 일은 한꺼번에 일어나고는 한다.
우산도 소용이 없네.
저런.

흠뻑 젖었네요.
씻을 기운도 없다.

감당 안 되는 일로 퇴사하고,
이직 면접에서는 미끄러졌다.

끝이 보이는 애인과의 관계.
푸념만 늘어놓는 식구들의 사건사고.

왜 나한테만
이런 일들이 생기는 거야...

왜 너한테만
그런 일이 생기면
안 된다고 생각해?
뭐?

비 오던 거리를 다시 떠올려 봐.
전부 비바람을 맞고 있었지.

너만 힘든 거 아냐.
라고 하려는 거면
전혀 도움이 안 되니 그만해.

그냥 가끔은,
피할 수 없는 비라면
흠뻑 맞자는 거야.

다들 각자의 비를 맞고
잘 씻고 잘 말리고 있지.

비온 뒤 무지개가 뜰 거란 말은 진부하지?
비는 언제고 또 올 거야. 다만,
날이 개면 젖은 마음을 햇볕에 내어 말리자.

어차피 냉탕과 온탕을
오갈 수 밖에 없는 게 인생이라면,
노래도 부르고,
바나나 우유도 사 먹자.

오늘은 따뜻하게 데운 사케.
이게 땡겼지?
잘도 아네.

호로록

안 그래도 나가면 샤워하고
빨래도 널고 제습기도 돌리려던 참이었어.

그래. 당분간은 또 맑을 거래.

냥식당

2016년 9월
잠깐만 기다리라던 엄마는 돌아오지 않았고,

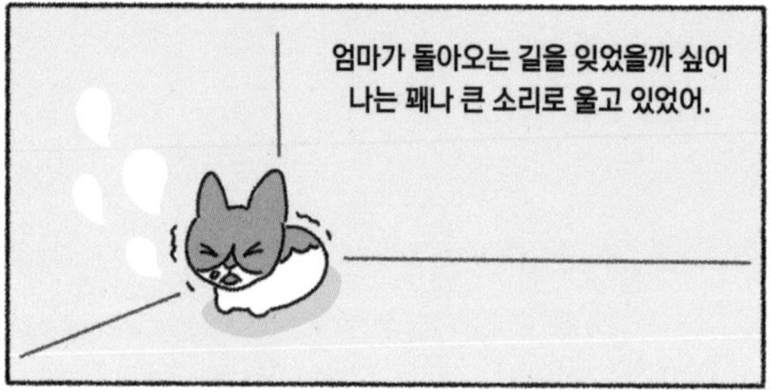
엄마가 돌아오는 길을 잊었을까 싶어
나는 꽤나 큰 소리로 울고 있었어.

쟤는 두 시간 넘게 저기서 저러고 있네…

나는 아저씨 손바닥에 올려져서
처음 보는 집으로 왔어.

나를 처음 본 누나는
곤란한 표정을 지었어.

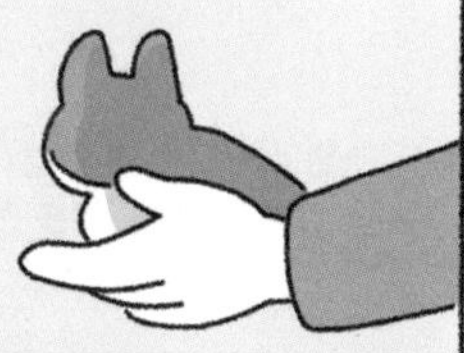

처음으로 캔에 든 참치를 먹었는데
너무 배가 고팠던 바람에 소리를 지르면서 먹었거든.
그땐 누나가 좀 웃더라.

누나는 형아랑 나를 같이 키우기 어려울 거라고 했어.
나를 키워 줄 곳을 알아보자고 했지.

그런데 형아가 곁을 내줬어.
따뜻했어.
아저씨 무릎도, 누나 품도 따뜻했어.

엄마는 그때 왜 안 돌아왔어?
그날 무지개다리를 건넜어?

사실 이제 괜찮아.
난 따뜻한 곳에서 잘 지내거든.
이제 난 그때의 엄마보다 훨씬 많은 나이가 됐어.

되게 아픈 적도 있었는데, 그럭저럭 잘 넘어갔어.
길고양이는 수명이 5년이 채 안 된다며.
그런 거에 비하면 난 운이 좋지.
....

...엄마도 따뜻한 곳에 있다 간 거였으면 좋겠다.

뭐해, 왜 감상에 젖어 있어?

다녀왔어?
왔지.

열 신데 라면 먹을까 말까.

뱃살 보면 먹으면 안 될 거 같은데.
응 자기소개~

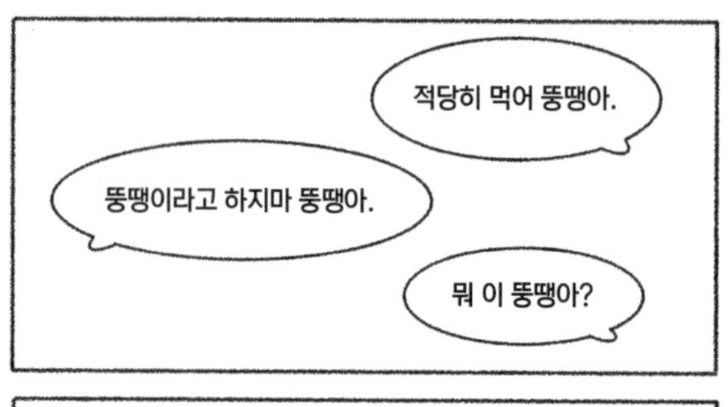
적당히 먹어 뚱땡아.
뚱땡이라고 하지마 뚱땡아.
뭐 이 뚱땡아?

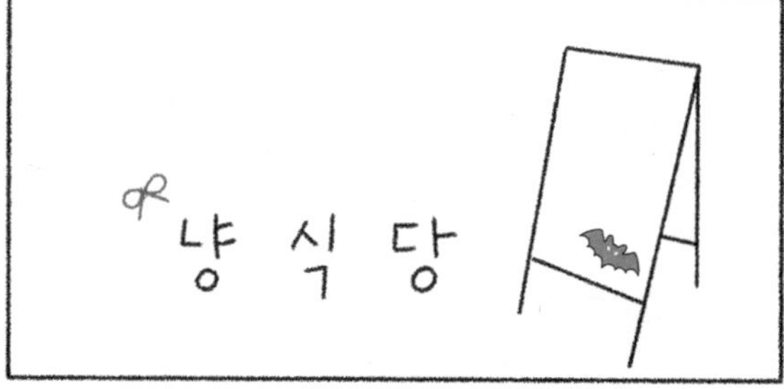
냥 식 당

2016

2022

11 나는 우주의 먼지

이 넓고 넓은 우주 속 지구라는 작은 별

내가 며칠을 머리 아프고 끼니도 거르고 잠도 줄여가며
공들여 쌓은 탑은

허무하게 무너지기도 하고
아무도 몰라주기도 한다.

티도 나지 않는 노력을
묵묵히 이어나가는 것이

의미가 있는 걸까?

나는 우주의 먼지야…

우주의 먼지인 건 맞지만,
뭐마?

너 때문에 웃게 된 우주의 먼지들이 있고

지구가 좀 더 웃는 먼지들로 차 있다면

충분히 의미가 있지.
웃는 먼지들의 별

나는 그렇게나 많은 먼지들을
웃게 할 능력이 없는데?

물론 그만한 능력은 없지만,
뭐 짜샤?

웃음은 전염되니까.
네 덕분에 생긴 웃음은
또 다른 웃음을 만들어 낼 거야.

모든 먼지의 모든 노력이 의미가 있다구.

그리고 집사가 울적할 때 찾는
음식쯤은 이제 꿰고 있어.
케이크와 아메리카노!

누나 웃었다!
웃었네.

웃는 먼지다!
웃는 먼지네!

웃는 먼지!

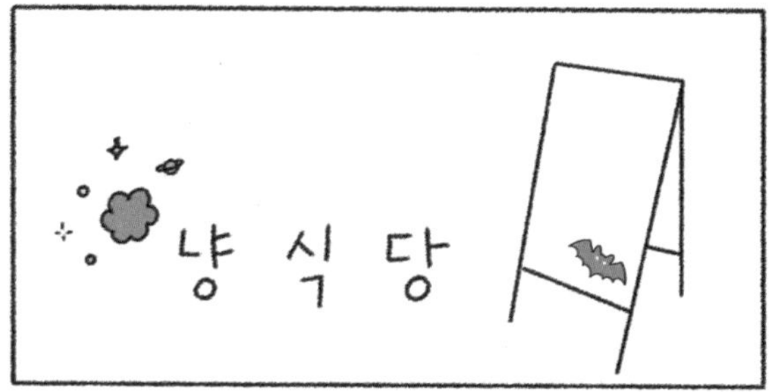
냥 식 당

12 우리 모두 꽃이야

쟤는 눈물이
하나도 없어!

세상 정말
멋지고 예쁜 개들
천지야.

그에 비해 나 좀 봐.
다리도 오다리고.
털도 곱슬에 푸석.
맨날 눈곱도 잔뜩 끼고.

이렇게 못난 나를
누나는 왜 사랑하는 걸까?

집사가 그렇게 말했어?
응?

집사가 너 못났다고 말했냐고.
아니, 그냥 내 생각이야.

무슨 꽃 좋아해? 난 장미.
갑자기?

음... 역시 벚꽃.
난 튤립.

장미, 벚꽃, 튤립.
어느 꽃이 더 아름답다고
할 수 있어?

다들 각자의 아름다움을
가지고 있는데,
우열을 가리는 게
우스운 일 아니겠냐고.

나는 눈이 째지고,
배가 나왔지.

하지만 털결과 젤리가
치명적이야.

형은 눈이 밤하늘 같고,
넌 잘 빚은 호리병 같아.

무엇보다 우리가 어떤 모습이어도 집사는 사랑스러워할 거야.
뱃살...♡

우리 모두 꽃이야.

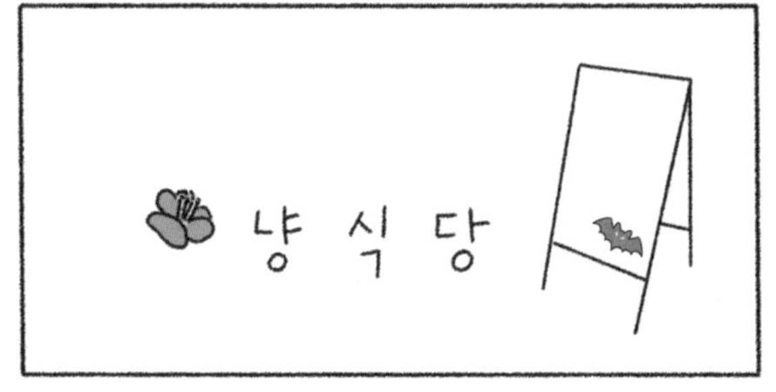
냥식당

냥네컷

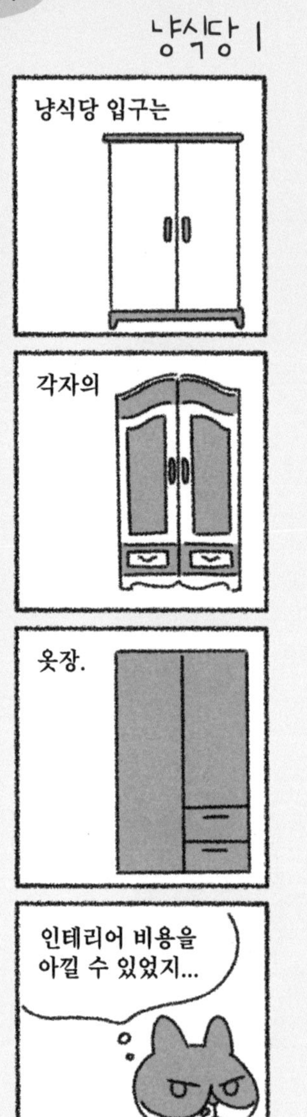
냥식당 1
냥식당 입구는
각자의
옷장.
인테리어 비용을
아낄 수 있었지...

냥식당 2
장사가 잘 되서
가게를 넓히고픈
냥새로이

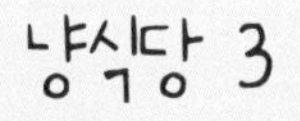
냥식당 3

고양이 나이로 중년

어서 와.

...세요.

사람 봐가며
반말을 쓰는 냥사장.

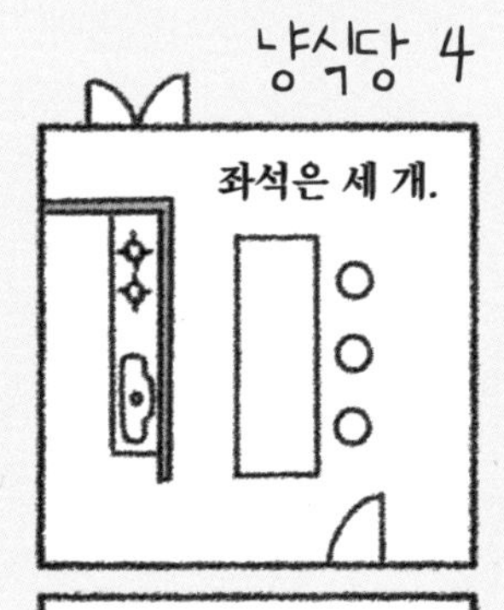
냥식당 4
좌석은 세 개.

하지만 손님은
한 명만 받는다.

왜냐고?

힘들어.

워크샵 1

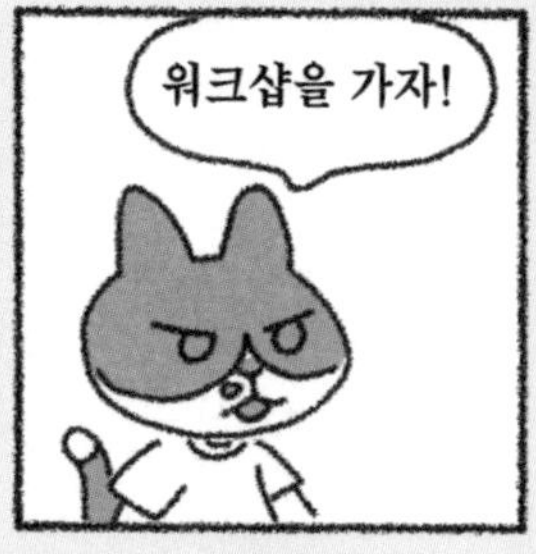

워크샵을 가자!

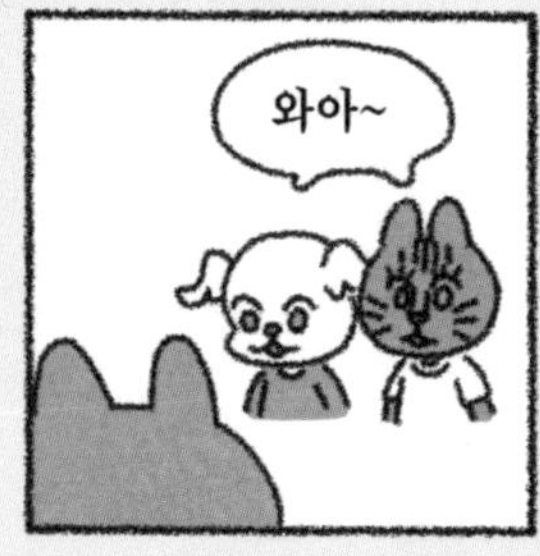

와아~

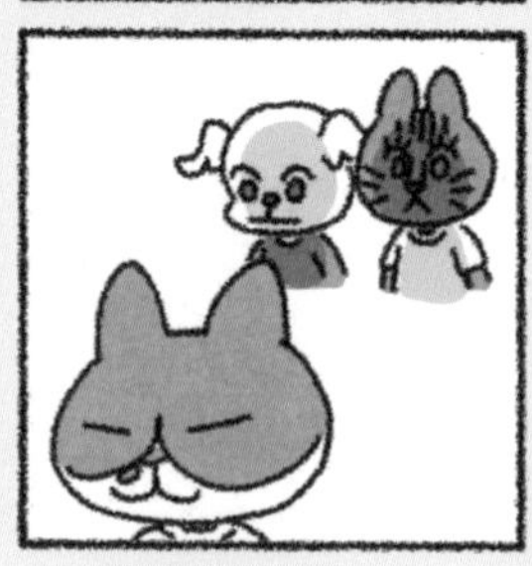

사장만 좋아하는
워크샵.

워크샵 2

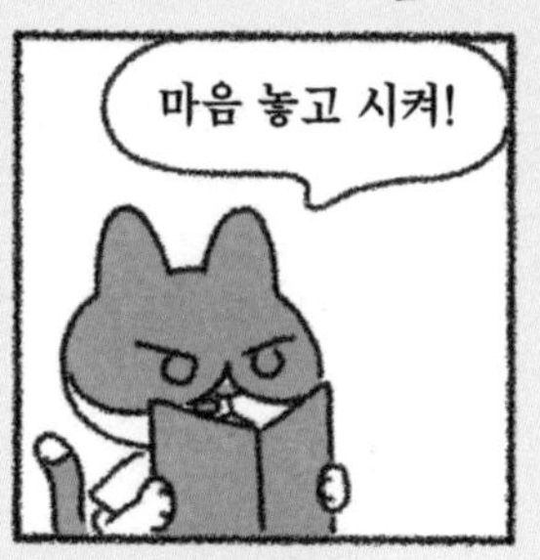

마음 놓고 시켜!

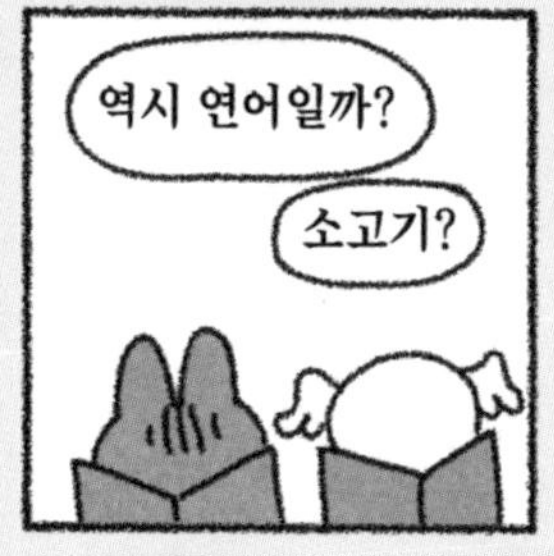

역시 연어일까?
소고기?

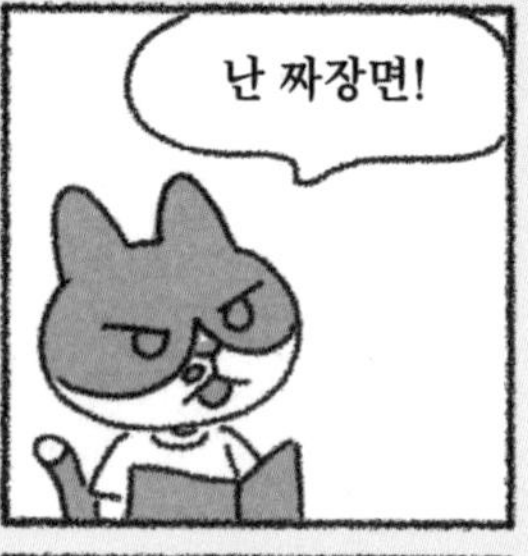

난 짜장면!

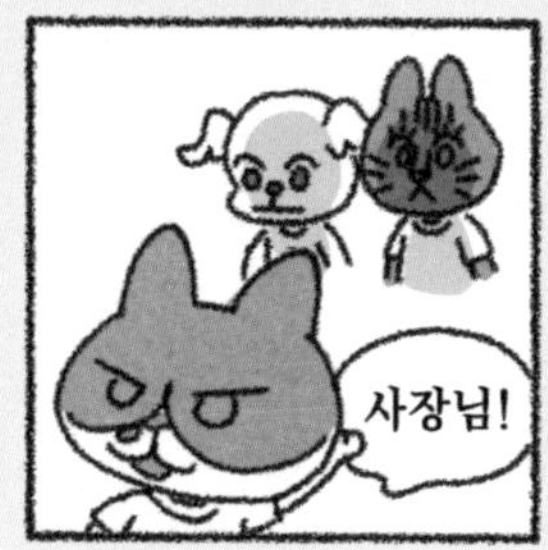

사장님!

워크샵 3

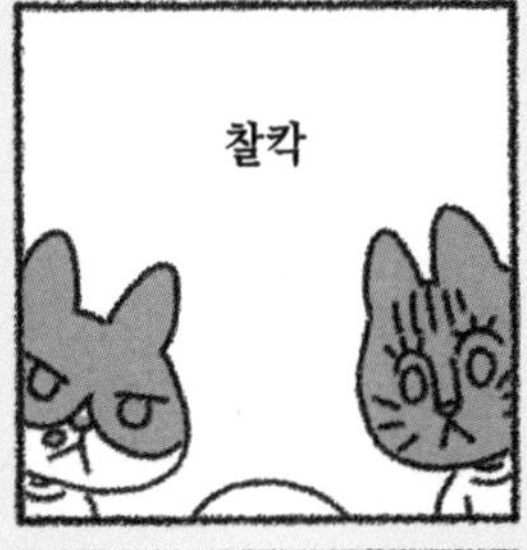

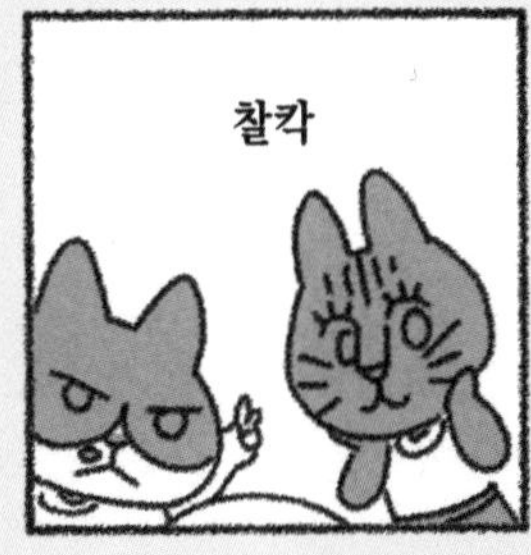

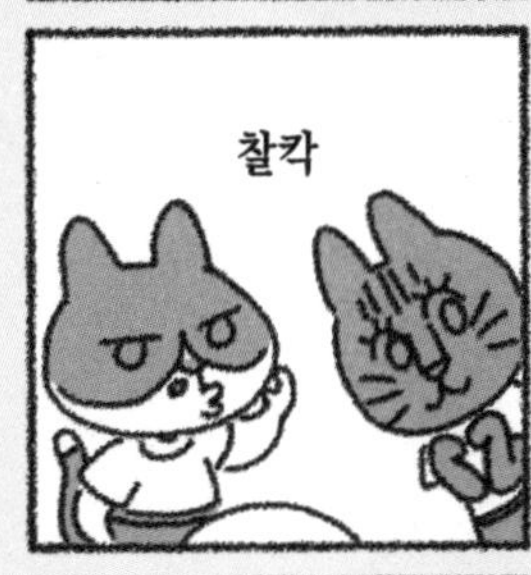

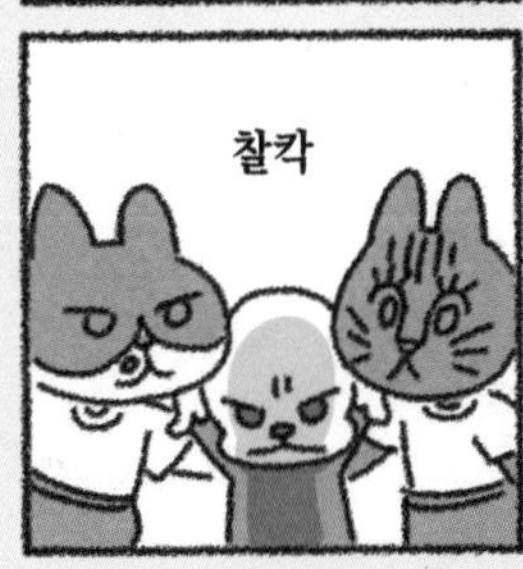

워크샵 4

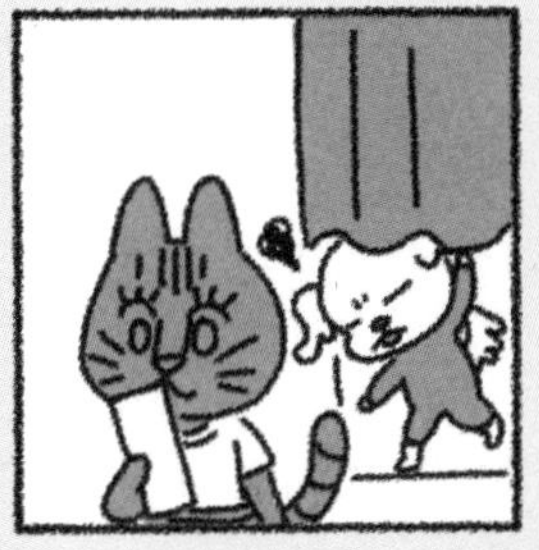

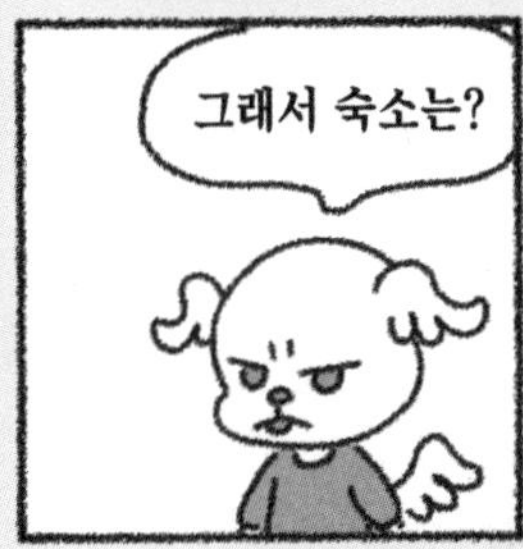

그래서 숙소는?

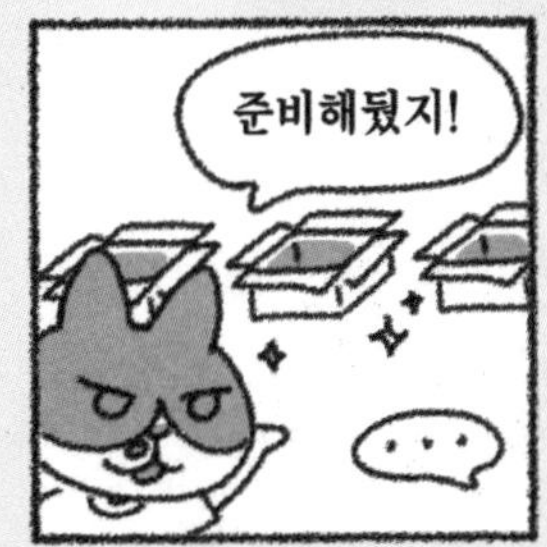

준비해뒀지!
...

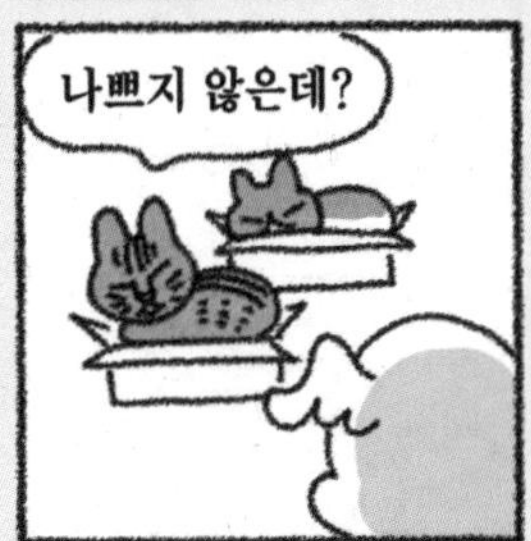

나쁘지 않은데?

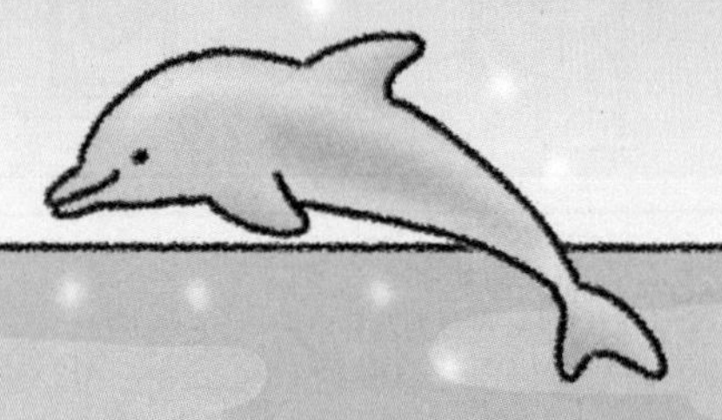

CHAPTER 2

나누며 채워지는 날들

우리는 아낌없이 본인을 내어주는 존재에 기대어 이 세상에서의 첫걸음마를 시작했죠. 어쩔 수 없는 이별에 힘든 시간도 찾아오기 마련이겠지만, 지나온 평범하고 따뜻한 장면들에 기대어 다음 걸음을 내디딜 수 있을 거예요. 당신의 모든 장면과 걸음에 축복이 가득하기를.

13

아버지 주머니 속 만 원

아이고, 내가 겉옷을 안 챙겨왔네.
주머니에 항상 만 원을 넣어놓는데.

계산은 됐어.
그래도 되나~

주머니에 만 원은 왜 항상 있어요?
아 그건!

MART

아들 녀석 데리고 다니면서
만 원짜리로 뭐 사 먹이는 재미가
쏠쏠하거든.

커갈수록,
내가 해줄 수 있는 게 별로 없네.
귀찮은 부탁만 하고...

뭘 미안해하고 그래.
가족은 원래 신세 지는 사이잖아.
그 녀석도 엄청 신세 지면서 컸는걸.
그런가~

이만 가볼게. 산책이나 좀 할까 하고.

어?
이제 오냐?
어디 다녀오세요?

. . . .

와따매~ 힘든 하루였다.
어묵 열 개 먹어도 돼. 고생했어.

저... 아빠.
우리 어묵 하나
먹고 들어갈까요?

그럴까?
만원이...

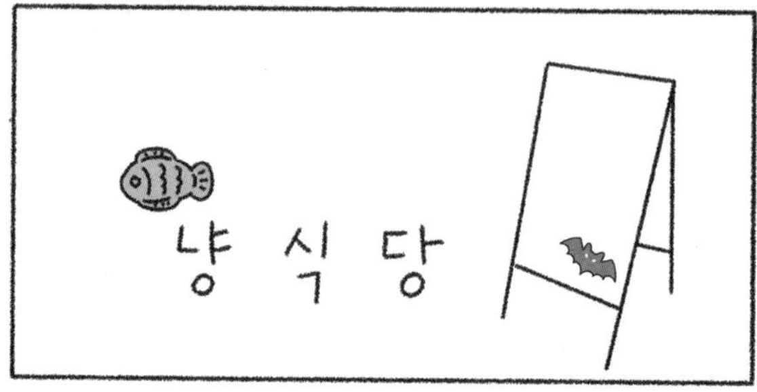
냥 식 당

14

꽃을 좋아하는 엄마

...라는 거 있지. 글쎄.

엄마는 이런 거 없어도 돼~
아들 사고 싶은 거 사.
엄마는 이런 거 안 좋아해~
아들 다 먹어~

이래 버릇 키웠더니
엄마는 뭐 무소유의 정신으로
살아가는 사람인 줄 아나 봐.

나도 꽃 좋아해!
예쁜 거 좋아한다구!
처녀 때는 계절마다 비싼 옷 사 입었어.

이렇게 바에서 칵테일도 마실 줄 아는
멋진 아가씨였다고.

참고 희생하는 엄마보다는
좋아하는 거 즐기면서 사는
조금 뻔뻔한 엄마 쪽을
가족들도 더 마음 편하게 생각할걸.

좀 더 좋아하는 거 표현하고 살아요.
본인을 위하는 게 가족들을 위하는 길!

오케이, 나를 위해서.
잘 해볼게.

아유~

얼마 줬어요?
화훼시장에서
만 원어치 산 거예요.
예쁘다 예뻐.

나이 들어도 꽃 보면 설레.
....
맞아맞아.

일찍 왔네.
왜 다시 가져왔어,
여자친구 못 만났어?

엄마 해요. 하나 더 삼.
내 거라고?
으응... 씻을게요.

엄마, 장미 진짜 진짜 좋아해.
알았다고, 그만 말해요.
한 번만 더 말하면 백 번째야.

진짜 진짜 예쁘다아~
되게 좋아하네...
진작 사줄걸.

냥 식 당

15

비 오는 날 우산

9천 원...

비 많이 오는데, 괜찮니?
괜찮아요!

으아아

쫄딱 젖었네.
안녕?
비 맞아가지구 머리 감았어.
대머리 될까 봐.

우산이 없었어?
엄마가 티머니로 사라고 했는데
너무 비싸서 그냥 안 샀어.

엄마가 못 데리러 와서
서운하진 않았어?
괜찮아~
뭐가 맨날 괜찮아.

진짜로 괜찮아!
우리 엄마 진짜 멋있거든.
그래서 참을 수 있어.
수아네 엄마도 멋있지만
난 우리 엄마가 진짜 멋있어.

어린이는 그런 걱정 안 해도 돼.
그치만 엄마가 힘들게 번 돈인걸.

그러다 너 감기라도 걸리면
그게 더 힘드실걸.
그건 그렇네.

난 엄마처럼 되는 게 꿈이야!
엄마가 뿌듯하시겠다.
강아지만 좀 키우게 해주시면 좋을 텐데...

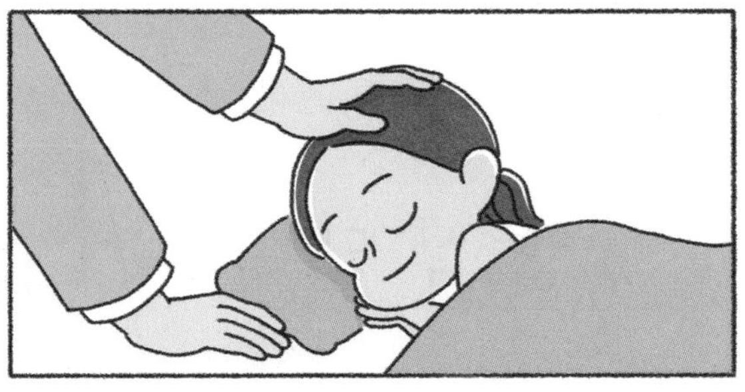

꼭 어릴 때 나같네...

냥 식 당

친절한 상담 감사드려요.
제가 더 감사드립니다.

저... 밖에 비가 오나요?
네, 소나기인가 봐요.

엄마가 우산을 못 챙겨줬네.
할머니도 오늘 못 가신대.

학교 앞에 편의점으로 얼른 뛰어가서 하나 사.
알았지? 점심 먹을 거랑.

엄마 왔어.

잠들었네.

말 안 듣고 비 맞고 왔구먼.

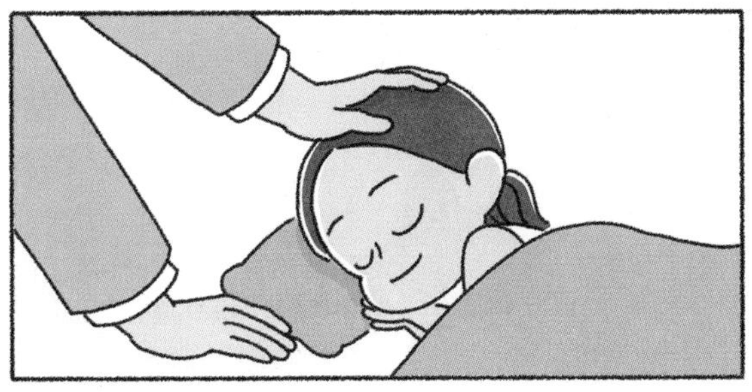

안녕?

퇴근하셨군요.
네~ 뜨끈한 우동 하나 부탁해요.

일하느라 고생이 많아요.
글쎄 잘하고 있는지 모르겠네.

나는 일하는 내가 좋아.
가족들도 서포트 해주고 있고.

내가 곁에 많이 못 있어 줘서
딸이 너무 빨리 어른이 된 것 같아서 미안해.

뭐든 다 괜찮다, 괜찮다 하거든.
좀 더 어리광 피워도 되는데.

딸이라면 아까 다녀갔는데.
아, 정말?

응, 엄마가 자랑스럽다고,
엄마처럼 되는 게 꿈이라더라.
수아 엄마보다
엄마가 더 멋있대요.

좀 더 자신감을 가지는 게 어때?
충분히 잘하고 있다고.

응!
나 좀 더 열심히 해볼게.

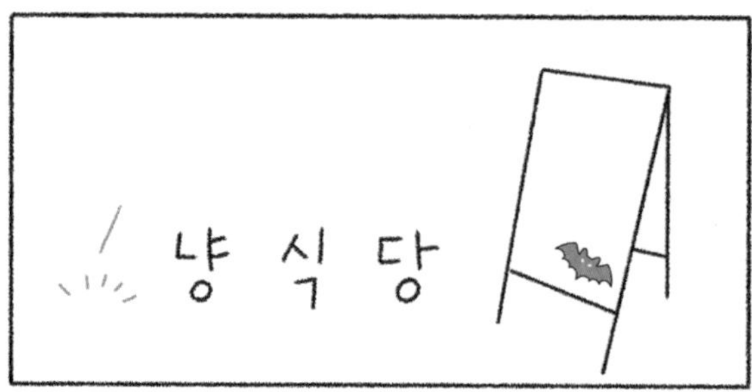
냥식당

밥에
참기름 쪼르륵.
딱 한 입 크기로
조물조물해서

봉투에 넣고
부신 김 위에
데굴데굴.

나는 북어가 넣고 싶은데.
연어...
저는 고구마요!

우리 아들은 아무것도
안 넣은 거 좋아해.

시험 기간이나 면접 있는 날 아침에 꼭 해줬거든.
시간도 없고, 소화도 잘 안된다 해서.

아침밥 챙겨 먹을 시간도 부족하게
그렇게 열심히 했어, 우리 아들이.

일어났나 보다.
끼익

나는 이만 가볼게.
조심히 가세요~

굿모닝?
으윽. 살려 줘.

안색이 안 좋네요.

어제 두 시까지
회식 자리가 있었거든.

그래도 씻고
정신 차리고 나가야지.
오늘 되게 오랫동안 준비한
미팅이 있어.

아침 안 먹었지.
응, 안 먹었지.

나 원래 중요한 날은
아침 잘 안 먹어.
속이 부대끼기도 하고…

어, 이건…

…엄마가 다녀갔구나?

엄마.
나 오늘 잘했어.

찾아와 줘서 고마워.
지켜보고 있었구나.

냥식당

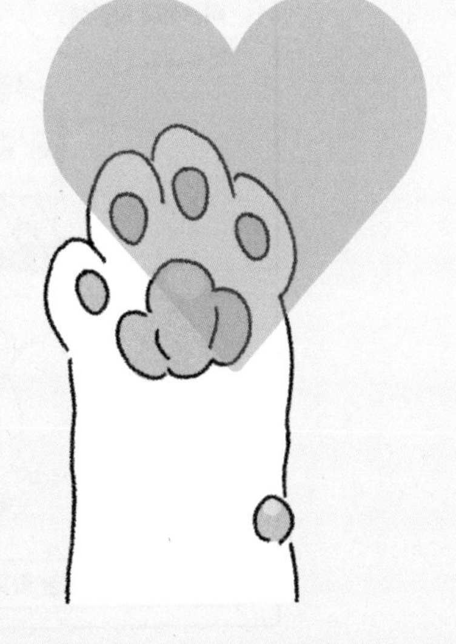

아아…

아침 먹고 가.
됐어요.
속 안 좋잖아.
알아서 할게요.

피곤하다 피곤해.

나 열나지?
어릴 때 같으면 오늘 학교 안 가면 안 되냐고 떼를 썼겠지만,

나의 빈자리는 내가 책임져야 하는 어른,
열이 있나...
엄마가 대신 전화해 주지 않는다.

버티자, 버텨.
감내해야지. 나의 몫. 어른이니까.

시름시름

안녕.
목소리가 왜 그래요?

웬만하면 버티려고 했는데
목소리가 안 나와서 조퇴했어.
왜 버텨요.
진즉에 오지.

어른의 세계는 그런 거란다.
견딜만해.

견디지 마.
힘들 때는 힘들다고 해.
비빌 언덕이 있으면
좀 비벼.

자, 전복죽.
너 집에 와서 뻗자마자
엄마가 한 시간 동안 끓이셨어.

언덕은 기꺼이 기다리고 있단다.
뭐야.
열 다시 재봤어? 떨어졌어?
목 많이 아파?
아빠가 아이스크림 사놨어.
아 괜찮대도~! 애도 아니구~
…
알겠어…

...엄마!
응? 왜? 뭐 갖다 줘?
불 좀 꺼줘.
ㅋㅋ
서른이 되어도 애기군.
앞으로 30년 더 부탁해용...
냥식당

앗, 귀여워라.

주임님
개구리 좋아해요?
헤헤.

어서 와.

쟤넨 왜 싸워.
몰라, 심심하면 저래.

그래 인마!
그만 싸워 이제.
너 인마
형한테 그러는 거 아냐.

울 언니랑 나 보는 것 같네.
어엄청 싸웠는데 말이야.

어렸을 때부터 좋은 건 꼭
지가 다 했거든?
왜 언니는 헬로키티고
나는 캐로피야.

나도 핑크색 하고 싶어
나는 왜 옐로운데!
캐로피도 싫고
노란색도 하늘색도 싫었는데

이젠 좋아.
왠지 나 같기도 하고.

1번은 아니지만,
더 정이 가고
사랑스러운 것들?

자, 간장 계란밥.

아! 이거!
엄마 늦으시는 날
언니가 맨날 만들어 주던 건데!

치고 박고 싸워도
내 동생 배고픈 건
못 보지 또.
. . .

먹고 나가서 문 앞에 봐봐.
택배 온 거 있을 거야.
?

진짜네.

응, 언니 나야.
반찬 보내준 거 왔어.
말도 안 해주고 언제 보냈대.

혼자 산다고 대충 먹지 말고.
컵라면으로 때우지 말고.
네에~네.

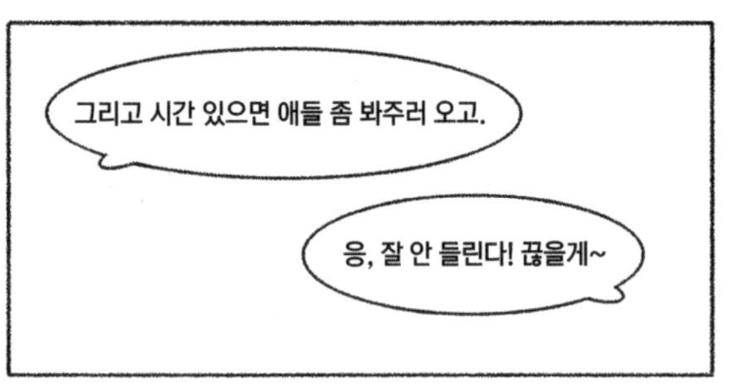
그리고 시간 있으면 애들 좀 봐주러 오고.
응, 잘 안 들린다! 끊을게~

냥식당

응, 출근 중.
홍삼은 잘 갔어요?
열무김치?

아냐 아냐. 엄마. 허리도 아픈데.
하지 말고 쉬어요.
시켜 먹는 것도 먹을 만해.

대리님!
카페 다녀올 건데 뭐 드실래요?
맨날 얻어먹었는데
오늘은 제가 쏠게요!

전 괜찮아요.
주임님 것만 사와.
· · ·

어서 와요! 마침...

열무국수! 세상에!
너무 먹고 싶었어.

그렇게 좋아할 거면서 왜 엄마한텐
하지 말라고 했어?

아, 괜히 나 챙겨 주신다고
무리하실까 봐.
정 먹고 싶으면 시키면 되는걸.
물론 그 맛은 안 나지만...

너 말야. 주는 거엔 익숙한데
받는 건 잘 못하는 편인 듯?
그런 것 같아.

첫째라 그런가?
어렸을 때부터 받는 것보다는
주는 게 편했어.
누가 나 때문에
힘든 게 싫고…

남들 챙겨 줄 때 어때?
부담스럽고 힘들어?
전혀!

상대방도 마찬가지야.
괜찮다고 거절하는 것보다
기꺼이 받는 걸 더 뿌듯해할걸?
오늘 나는 네가 열무국수를
맛있게 먹어 줘서 뿌듯해.

나보다 남을 먼저 생각하는 심성도 좋지만
상대방에게도 주는 기쁨을 느낄 기회를 줘.
. . .

응, 엄마.
열무김치 보내줄 수 있어?
사 먹는 게 영 맛이 없네.

응?

푸후훗.

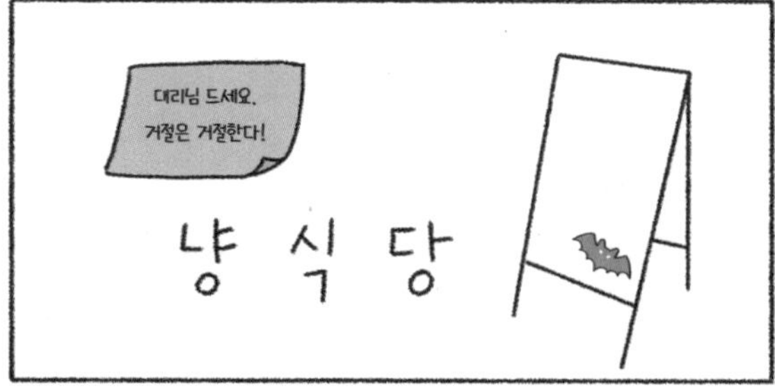
대리님 드세요.
거절은 거절한다!
냥 식 당

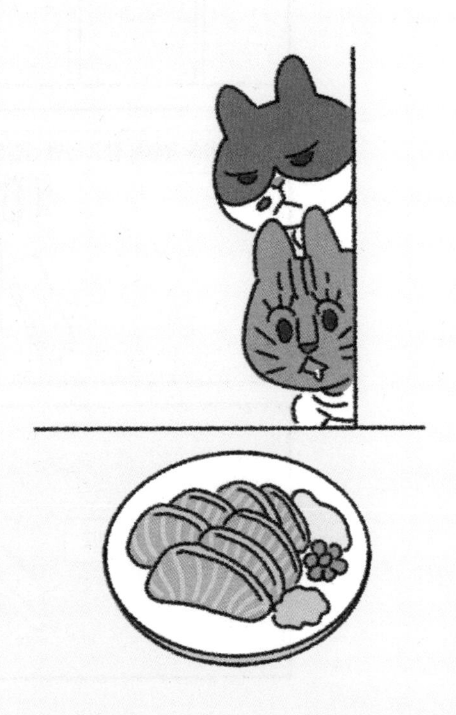

밥 좀 먹을까 하면
울고,
화장실을 갈래도
. . .
운다.
아슬아슬 균형을 잡고 있던 감정은
톡
별 거 아닌 자극에도

와르르 무너지고는 한다.

내가 할게.
잠깐 바람 좀 쐬고 와.

밖에서 커피를 마셔본 게 언제인가.

친구들과 술을 마셔본 적은 또 언제인가.

잠들었네.

오랜만이야.

요즘 어때요?
아긴 잘 크죠?

아기... 예쁘지.
웃는 얼굴 보면
이렇게 행복해도 되나 싶고.

그런데 내가 점점 없어지는 이 기분은
어떻게 컨트롤 해야 할지 모르겠어...

잘하고 있어.
사람 하나를 키워내는 일인데
힘든 게 당연해. 대견해.

오늘처럼 산책하고,
심호흡하고,
커피도 마시고,
술도 한 잔 하고.

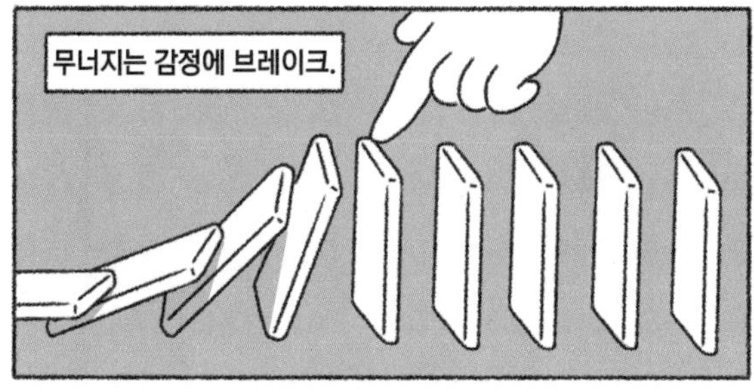
무너지는 감정에 브레이크.

자, 깔루아 밀크.
와, 커피와 술.
딱 고팠던 거였어.

몇 번이고 무너졌을 마음을
다시 일으켜 세워줘서 고마워.

냥 식 당

우당탕

맥주!!!

빨리 빨리~~

멸치?
먹태 짝짝 찢어서 줘봐.
간장마요에 청양고추 쫑쫑.

한입만.
안돼. 짜샤.
너 설사하잖아.

쳇.
쳇은 무슨,
저녁 약은 챙겨 먹었어?

누나가 니네 간식값이며 병원비며 버느라고
밤낮없이 일하고 겨우 맥주 한잔하는데!

이런 노고를 알아 몰라~?
아냐고 모르냐고~?

후회할까 봐 그래,
나중에…

병원에 일찍 들릴걸.
같이 시간을 더 보낼걸.
그렇게 혼내지 말았어야 했는데.

그땐 나도 여유가 없었거든.
주머니에도… 마음에도…

무서웠을 텐데.
서러웠을 텐데.
외로웠을 텐데.
내가 많이 모른척했어.

그런데도
기다려줬어.
2주에 한 번
집에 갔었거든.
주말까지 버텼다가
내 품에서 죽었어.

우리 집에 와서
갠 행복했을까?
내가 좀 더 여유가 있었으면
아프지 않고 더 살았을까?

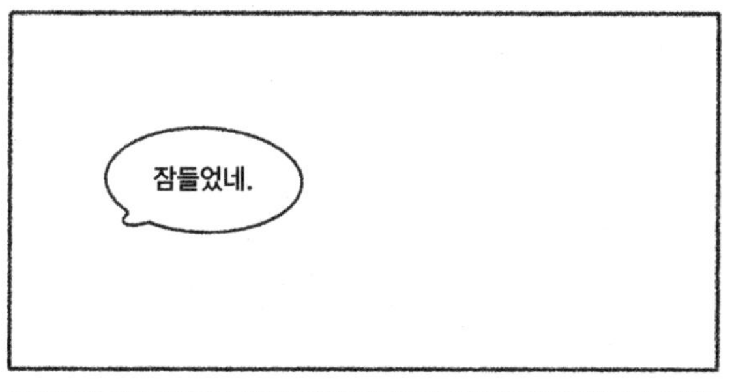
잠들었네.

이따가 깨면 좀 전해줘.
나는 나한테 주어진 생을
행복하게 살다 갔다고.

고마운 기억이 많다고.
바다에 데려가 준 것도.
첫 월급으로 사준 비싼 간식도.
마지막 순간에
한달음에 달려와서 안아준 것도.

그리고 술 좀
줄이라고도 전해줘!
내가 누나 스무 살부터 봤는데
술 너무 좋아해!

잘 먹었어!
먼저 갈게.
잘들 지내다 와.
전해줄게.
걱정 말고 조심히 가.

냥식당

안녕히 계세요
해야지.
안녕히 계세요.

까줄까?
응.

아빠, 왜 자꾸
달이 따라와?
달이 싱아
보고 싶나 보다.

자, 보름달 같은
단팥빵이네.
정말이네!

아빠가
반달 보여줄까?
웅!

짠! 반달!
오.

이번엔
초승달 보여줄까?
음…

짜잔! 초승달!
. . .

손톱달 보여줄까?
울컥

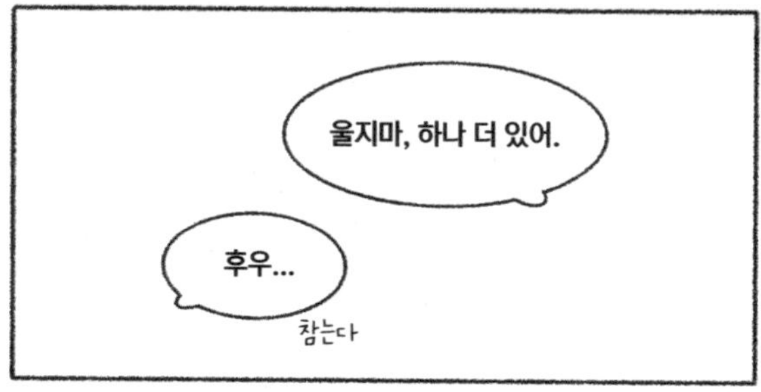
울지마, 하나 더 있어.
후우...
참는다

따뜻한 물에
말린 국화꽃을
3~4알 띄우면

보름달 같은
꽃이 활짝.
정말이네!

픕

...웃겨?
아니,
달에 얽힌 이야기가
하나 생각나서.

30년이 흘러버렸네.
달은 그대로인데
많은 게 변했어.
아부지도 나도
늙고...

아쉬워?
그리워.

다들 달처럼 늘 그 자리에
있어 주면 좋을텐데.

늘 그 자리에
있을 거야.

사라지지 않는 마음이.

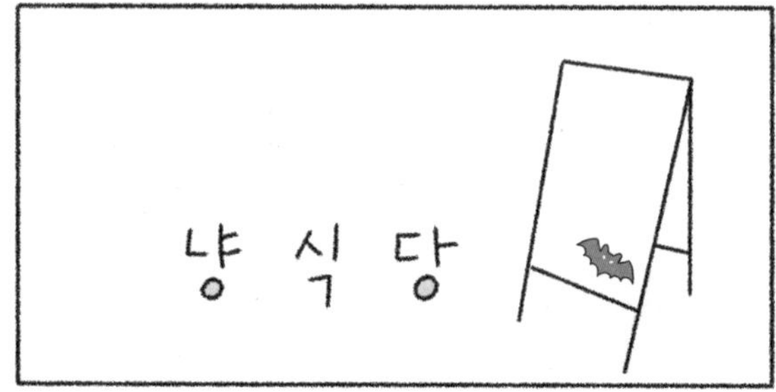
냥식당

24

나의 기둥 나의 위안

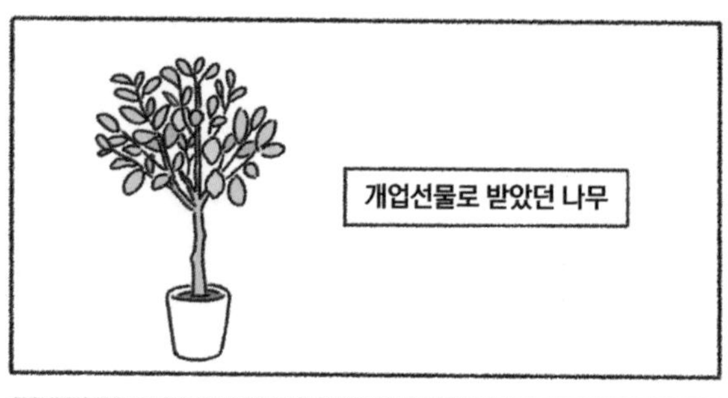
개업선물로 받았던 나무

정말로 레몬이 열렸어...!

화분을 옮겨 주느라 꽤 성가셨었는데
뿌리가 자리를 잘 잡았나 보다.

물과 햇빛만 주었을 뿐인데
이렇게나 자라주었네.

어디까지 자라게 되려나?

타-앗

우당탕탕

우당탕탕
...!

레몬청을 담그자.

집사가
차를 좋아하잖아.
곧 겨울도 오고.

벌써 겨울이야?
전기장판 꺼내야지.

또 종일 붙어있겠네.

우리는 어떻게 가족이 되었을까?

시간은 언제 이렇게 흘렀을까?

우리도 뿌리를 잘 내렸나 보다.

귀찮을 때가 더 많지만,

결국 가장 위안이 되는

나의 기둥
나의 그늘

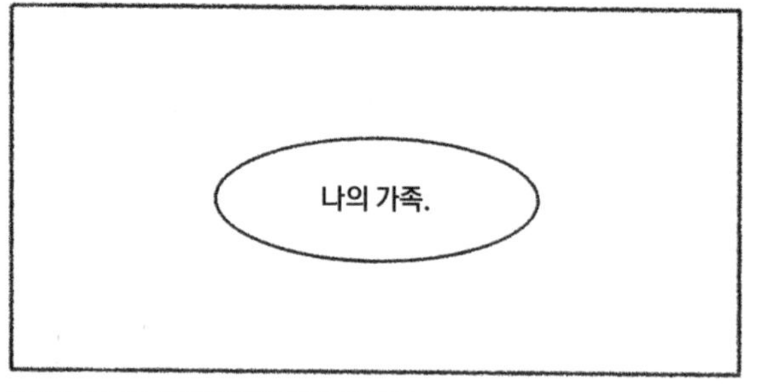
나의 가족.

냥식당

냥네컷

냥식당 직원 1

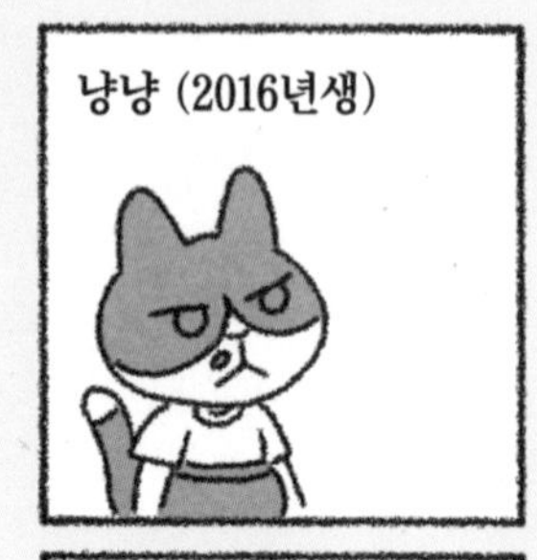

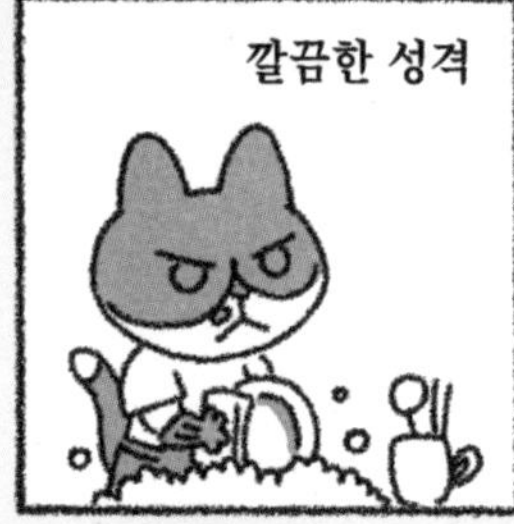

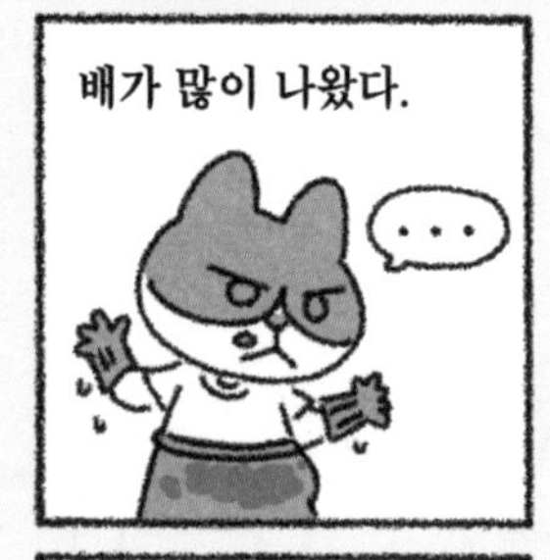

배가 많이 나왔다.
...

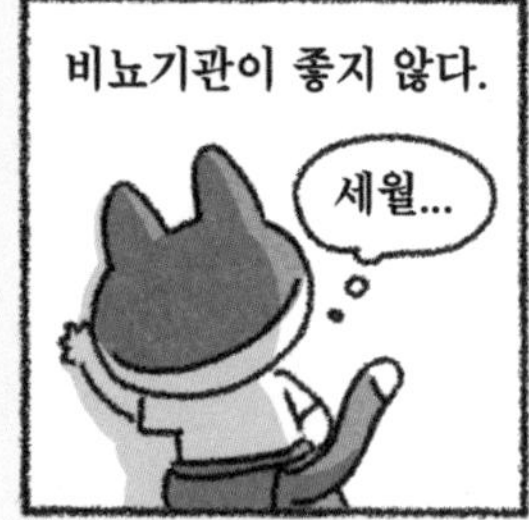

비뇨기관이 좋지 않다.
세월...

냥식당 직원 2

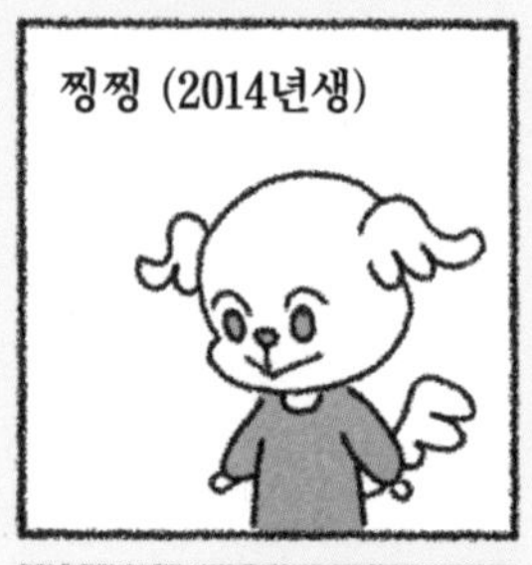

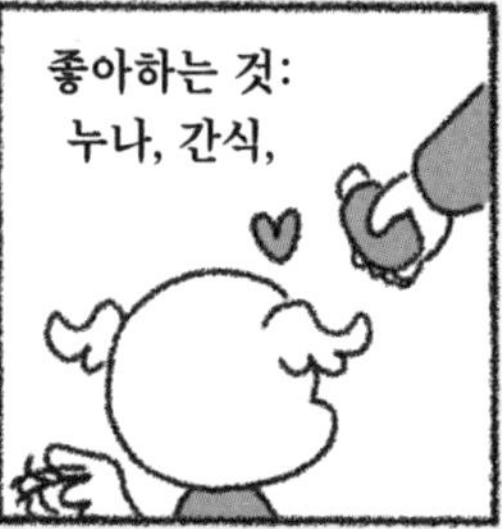

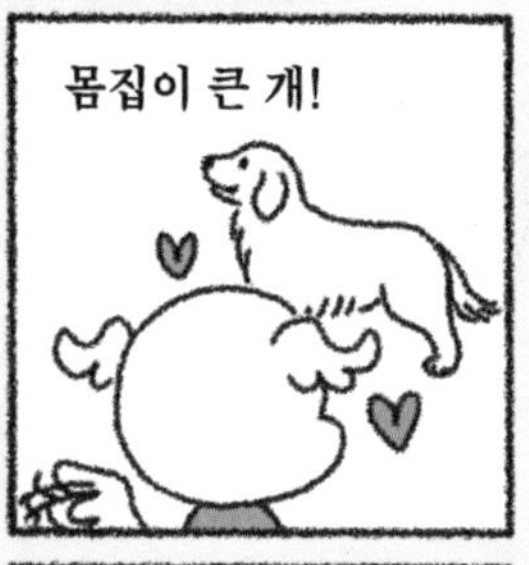

몸집이 큰 개!

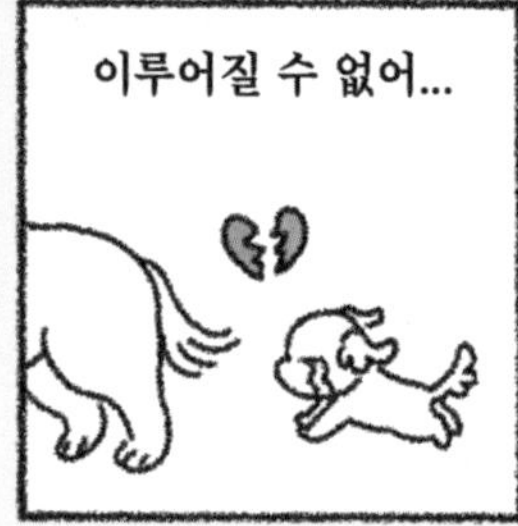

이루어질 수 없어...

냥식당 직원 3

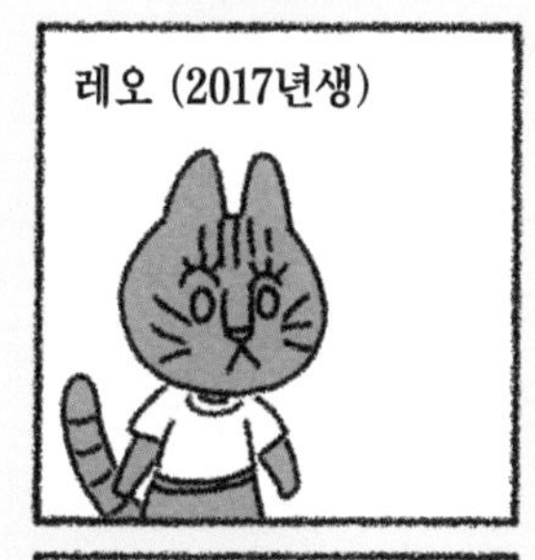

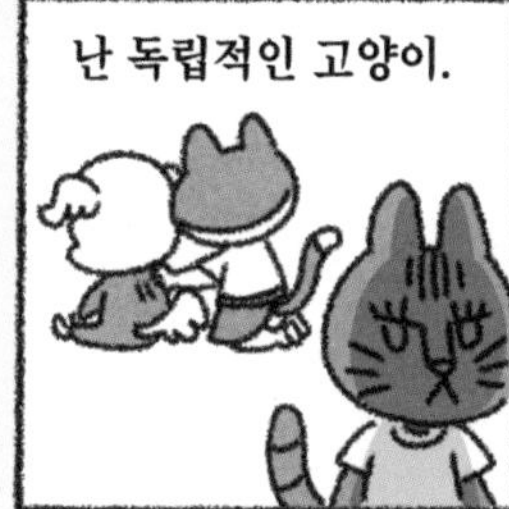

난 독립적인 고양이.

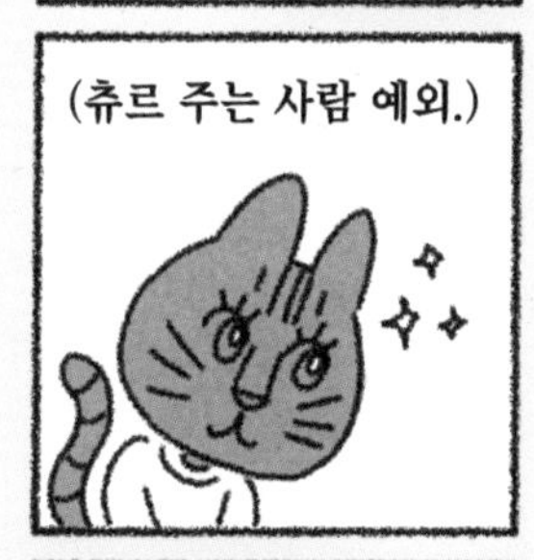

(츄르 주는 사람 예외.)

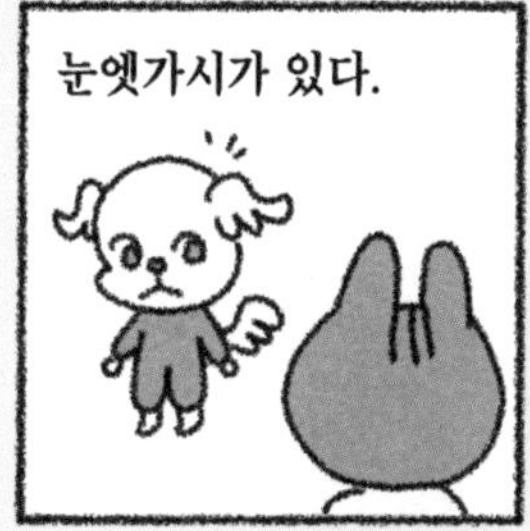

눈엣가시가 있다.

냥식당 직원 4

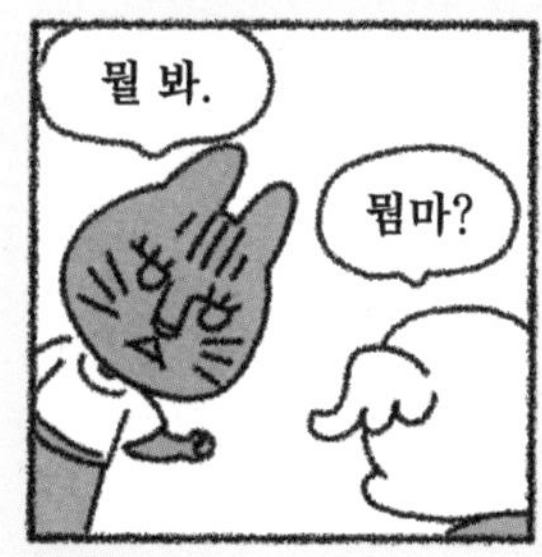

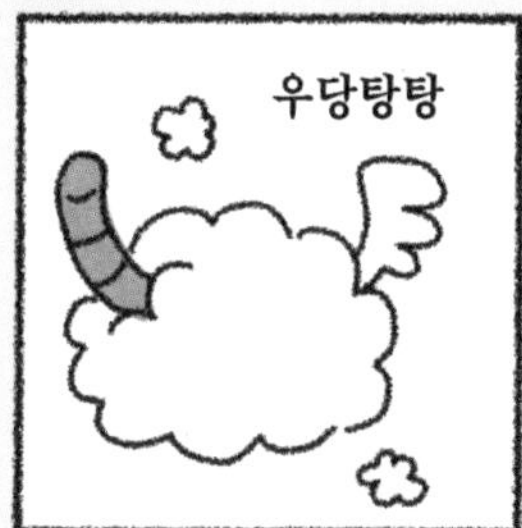

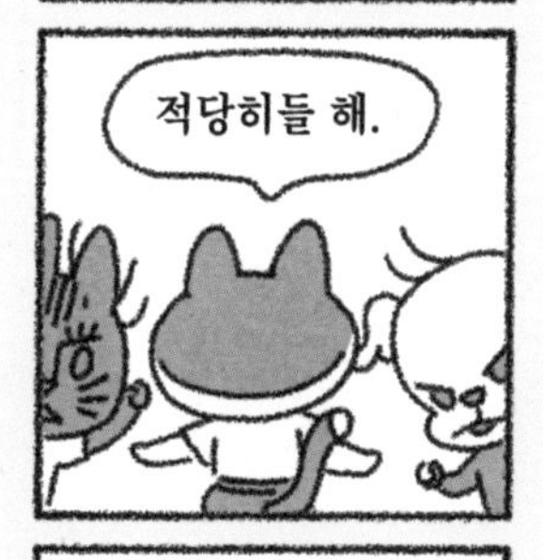

적당히들 해.

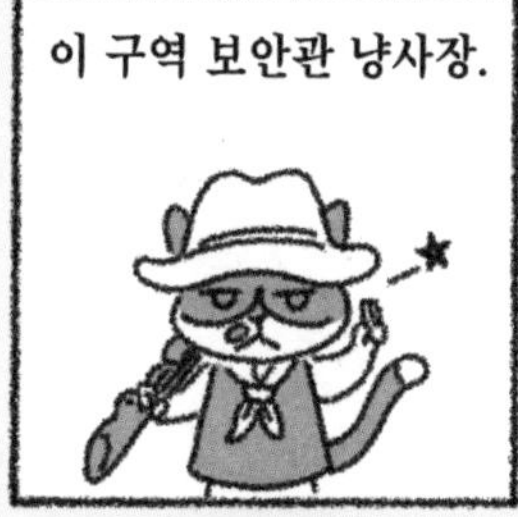

이 구역 보안관 냥사장.

냥식당 휴무 1

냥식당 휴무 2

냥식당 휴무 3

그것도
요가야?

아니, 등이 가려워.

냥식당 휴무 4

휴일인데 뭐라도
해야하는 거 아냐?

이대로도
좋지 않아?
그건 그래.

CHAPTER 3

저물며 차오르는 날들

손을 잡고 걸어가는 노부부의 뒷모습을 좋아합니다. 꽃이 진 자리에 여물어 있는 열매가 사랑스러워요. 누군가의 노년을 바라보는 시선이, 나의 지난날을 떠올리는 마음이, 소중한 것들과의 헤어짐을 준비하는 시간이 조금 더 너그럽고 따스하기를 바라봅니다.

25

멋쟁이 할아버지

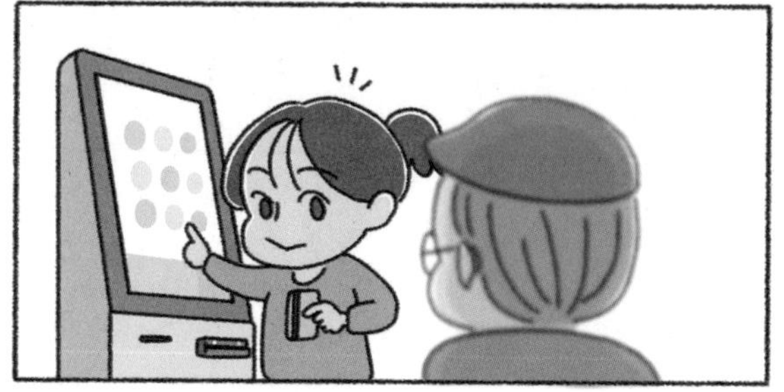

젊은이들이 싫어할까
괜히 주눅이 든단 말이지…

어서 오세요.
오.

직접 만든 두부를 썰고 있는 겐가?
아니, 그냥 마트에서 산 거 소분 중인데…

핫하하, 뭐 상관없지.
근사한 두부 요리 하나 부탁하네.
복잡한 요리는 못하는데…

근사한 요리가
반드시 복잡할 필요는 없지!
저기 쯔유가 있네, 이리 줘보게.

두부에 쯔유를 붓고…
겨자랑 쪽파도 있으면
가져다주겠나.

이러면 금방 완성이라네.
오오.

이런 건 어떻게 할 줄
아시는 거예요?
소싯적에 비즈니스로
일본에 자주 갔었지.
비슷하게 흉내만 낸 거야.

아저씨 젊었을 때
멋있는 사람이었구나.
하하.
바쁘게 살긴 했지!

기분 좋게 잘 먹고 가네.

출출해!
뭐 맛있는 거 없어?

이거 먹어 봐.
오, 이건 뭐야?
어떤 멋있는 아저씨가
가르쳐 주고 갔어.

깔끔하고 가벼운 게
내 스타일이야!
먹을 줄 아는 어르신이네!

젊은 시절 얘길 잔뜩 해주고 갔는데,
꽤 재밌었어.
그래?
또 오셨음 좋겠다.

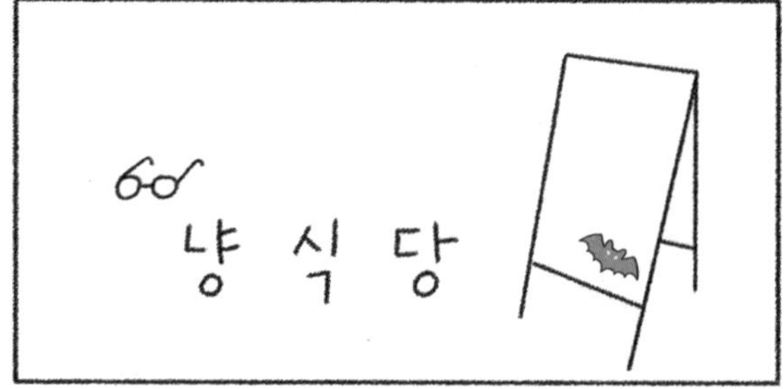
냥식당

26

혼자가 아니야

또 오셨네요.

하루 종일 한마디도 안 했지 뭐여.
멸치국수, 맞지?
할아버지랑 드시던.
찬밥 드시지 말고 따뜻한 것 좀 해 드셔.
혼자 사는데 뭘. 여기 왔다 가면 따뜻혀. 걱정마~
아이구. 잠이 또 오는구먼...

냥 식 당

뜨겁군...

쟤넨 모를거야.
자기들이 뿜어내는 에너지를.

색깔로 치면
파랑일까? 초록?
이제 막 피어나는 것들은 싱그럽다.

나는 부정할 수 없는 어른.
이제 싱그러움이랑은 거리가 멀겠지?

인생은 유한하고,
피어난 것은 저물어 간다.

막걸리 한잔할 수 있을까?

두부김치?
탁월하군!

청춘은 정말 한순간인 것 같아.
오늘은 유난히
뒤안길을 걷는 기분이 들었어.

푸른색만 아름다운 건 아니잖아요.
잘 익은 과일 색도 있고,

기가 막힌 노을 색도 있죠.
오면서 못 봤어요?

모든 시기가
그에 맞는 아름다움이 있는 거죠.
그런가.

나 봐. 고양이 나이로는 중년이지만
여전히 귀엽잖아요.
다른 얘기 아냐?
핫하

누군가는 나도
아름답다고 봐주려나…

지원팀에 얘기하면
수정해 줄 거예요.
제가 연락해 뒀어요.
부장님! 죄송해요!
제가 체크를
했어야 됐는데…

진짜 감사합니다...
많이 놀랐나?
네, 덕분에 살았어요...

저는 언제쯤 부장님처럼
프로페셔널하고 여유 있어질까요.
하하, 멀었지.
부장님 반만큼이라도 되고 싶습다.

'되고 싶다'라...
후훗

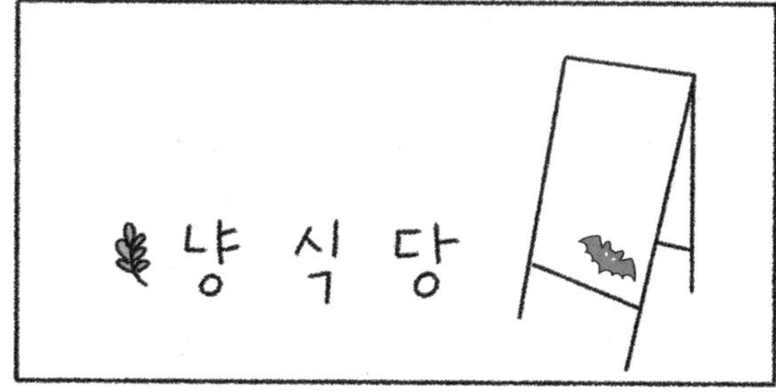
냥 식 당

어이 정씨.

좀 쉬어.
날이 더워.

대충 하지 뭘 그리 공을 들여.
좋은 소리도 못 듣는 걸.
누가 알아준다고.

내가 알지. 허허.

오셨어요.
고생하셨어요.

오늘은 별일 없으셨어요?
왜, 저번에, 어떤 주민 때문에 마음고생하신 날 오셨었잖아.

아, 그때! 그 일은 관리소장이 잘 해결해 줬지. 이젠 괜찮아.

몸이 힘들진 않아요?

자식들은 그만 쉬라고 하는데.
그래도 일하는 게 좋은 걸.

아직 내가 돌보고 가꿀 수 있는 게 좋아.
박 씨는 누가 알아주냐고 하지만...

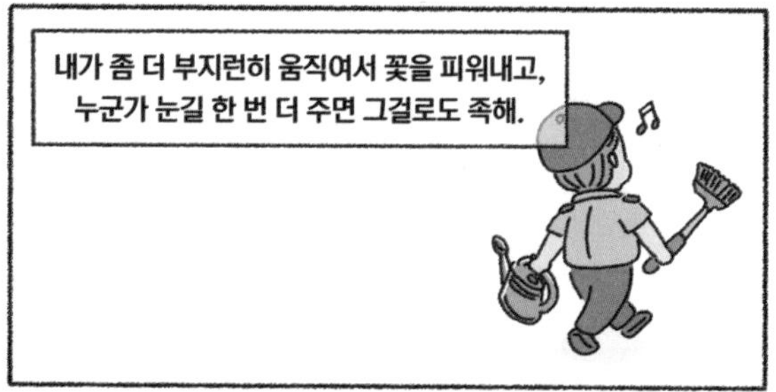
내가 좀 더 부지런히 움직여서 꽃을 피워내고,
누군가 눈길 한 번 더 주면 그걸로도 족해.

누군가는 반드시 알아봐요.
그리고 고마워할 거예요.
정성을 쏟은 건 티가 나.

삼계탕이랑 인삼주.
엄청 공을 들였네. 맛이 깊어!
공들였지. 어르신 드리려고.

으아아아아

앗, 감사합니다!
제가 할게요, 두세요!

우와아! 언제 이렇게.

세상에.

찰칵 찰칵

냥식당

29

함께 웃었던 기억으로

손님이 왔으니
옷을 좀 챙겨 입어야지.

아이구.

또 와버렸네.
자주 오셔도 괜찮아요.

드세요.
아까 손녀가 사 왔던데.
아, 우리 손녀!

또 못 알아보고 말았네.
그래도 여기 오면 정신이 맑아져.

기억을 있는 힘껏 붙잡고 있는데...
아이들 이름도 제대로 생각이 안 나. 얼마나 서운할꼬.

녀석들은 다 커서 잊어 버리더라도 나는 평생 절대 잊고 싶지 않은 순간들이 있었는데...

내 힘으로 어쩔 수 없는 이치이니. 이제 전부 잊혀지겠지.

고 녀석.
호박맛 젤리를 싫어해서 그것만 주면
"이거 말고 사탕~" 하면서 찡찡거리는 게
귀여워서 계속 장난을 쳤었거든.

웃는 얼굴만 보고 가고 싶은데
힘들고 아픈 기억을
남기고 갈까 봐 염려돼.

안 잊혀질 거예요. 할아버지.
없어지지 않아.
함께 웃었던 기억으로 살아갈 거야.

그래. 그랬으면 좋겠구먼.

할아버지, 푹 주무셨어?
선생님, 이거.
응? 그게 뭐예요~

아이~ 할아버지!
이거 말고 사탕!
껄껄

냥 식 당

30 더 오래 같이

어르신도 산책 간다고 속아서 왔어요?
(끄덕)

찡찡이 들어오세요~
이따가...
놀러 와요...!

단호박죽
맛이 괜찮아요?
응. 오랜만에
입맛이 도네.

아니 그러니까 내말은
억울하지 않냐고요.
난 단 한 번도 의심한 적이 없어.
하지만 누나는 매번 거짓말을 하지!

하하.
내 나이가 되면 사실,
어지간한 일은 눈치를 채지.
알면서도 속아주는 거란다.

이젠 예전처럼
산책을 못하거든.
많이 아파요?

기운이 없지.
하루 종일 할 수 있는 건 자는 것뿐.

식구들 들어오는 소리도 잘 못 들어.

아픈 것보다
식구들 슬픈 얼굴이랑 한숨이
더 힘든 것 같아.

뭐가 그리 미안한지.
그저 같이 있는 것만으로도 난 행복한데.
남은 시간이 많지 않으니
그만 미안해하고 더 웃어줘.

눈으로 열심히 말하고 있는데
잘 안 전해지나봐.

더 오래 같이 있어주지 못해서
미안해.

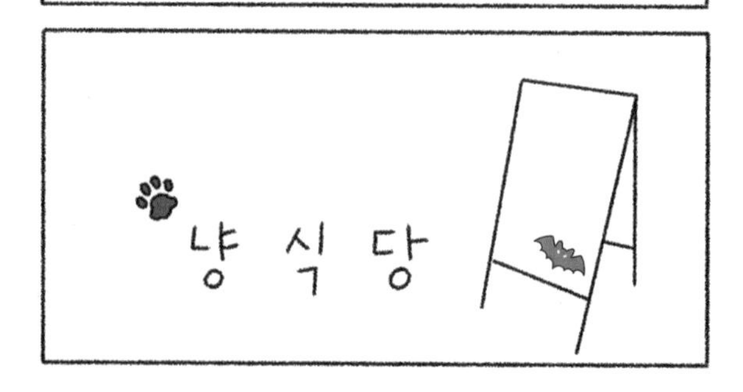

31

슴슴한 사랑

어이.

어, 같은 지하철 탔었나.
아니,
나는 장 좀
봐오느라고.

애들은?
다 늦는대.

저녁 뭐 먹지?
점심 먹은 게 얹혔나
입맛이 없어.
그래요?

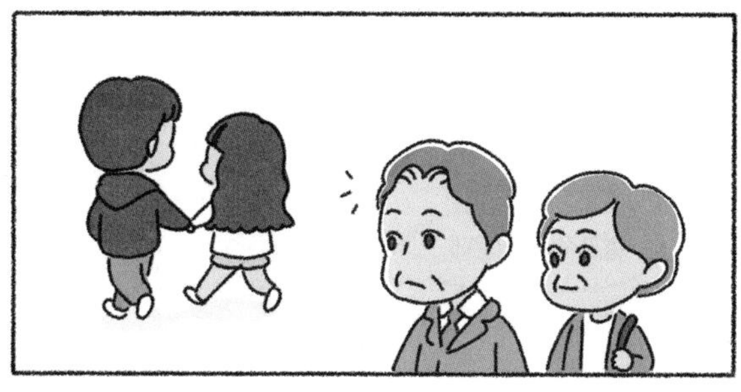

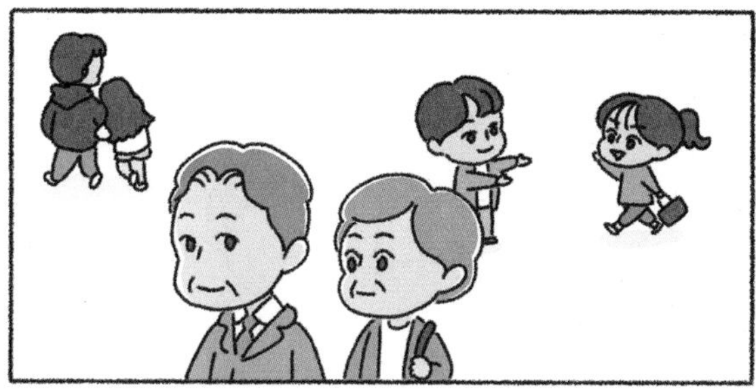

청춘의 한 페이지로구나.
우리는 몇 페이지쯤이려나.

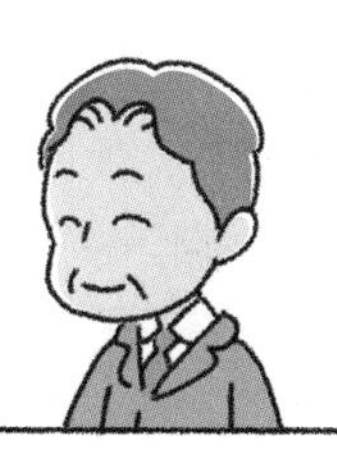

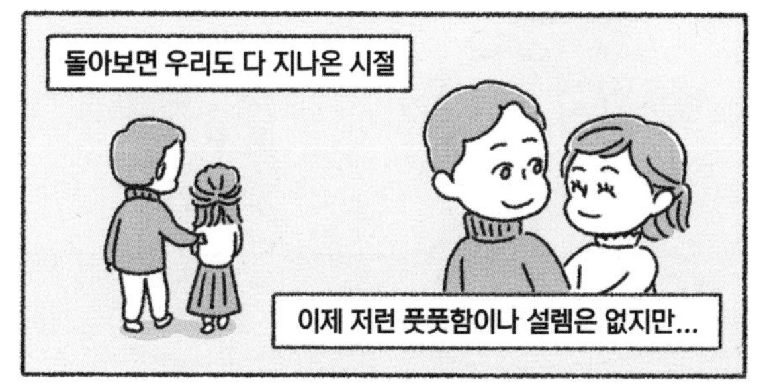

돌아보면 우리도 다 지나온 시절
이제 저런 풋풋함이나 설렘은 없지만...

이리 주지. 무거운걸.
별로 안 무거운데.

뭘 만들고 있어?

평양냉면, 좋아해요?
좋아해!

이 슴슴하고 깊은 육수!
입맛이 돌아오네.

예전엔 무슨 맛으로
먹는지 몰랐거든.
라면이나 함흥냉면이
최고인 줄 알았지.

꼭 뜨겁거나, 맵고 짜야지만
맛있진 않죠.

그러네.
이 담백하고 깊은 맛은
다른 차원이야.

속은 좀 내려갔어? 매실차.

매실청이 있었어?
올해는 귀찮아서
안 담근다더니.
잘 체하는 양반이 집에 있어서
안 담글 수가 있어야지요.

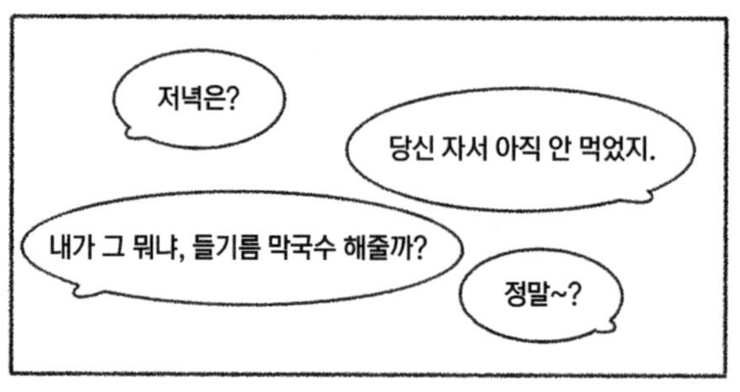
저녁은?
당신 자서 아직 안 먹었지.
내가 그 뭐냐, 들기름 막국수 해줄까?
정말~?

냥 식 당

응. 아버지는 곯아떨어지셨어.
고생 많았다.
얼른 정리하고 자.

왔어요?

어땠어?
부모님이랑 여행은.
힘들었지, 하하.
당떨어졌다. 달달한 것 좀.

그래도 부모님 사진을
많이 찍어서 뿌듯해.

본가에서 사진첩을 봤는데 말이야, 온통 우리랑 엄마 사진이야.
젊은 시절 아버지 사진은 많이 없더라고.

부모님 계실 때 사진이랑 동영상을
많이 남겨두라고 하잖아.
나중에 후회한다고.

그 말이 자꾸 가슴에 남아서
이번 여행에선 틈만 나면 사진을 찍었어.
좀 웃어...

원래는 사진 찍기 싫어하셨는데,
이제는 순순히 포즈도 취해 주시더라고.

나이가 드셔서
사진이 좋아지신 걸까?

앗, 달고나!

하하, 어렸을 때 아버지가 국자로 만들어 주셨는데,
엄마한테 혼나면서 말이야.

생각해 보면 지금 내 나이셨을 텐데 말이야, 우리 아버지.

알고 있다.
셔터를 누르는 마음.

이 모습을 볼 수 있는 시간이 길지 않다는 걸 알기에
부지런히 셔터를 눌렀었다. 두고두고 보려고.

담아두려 함이겠지.

이 모습을 볼 수 있는 시간이 길지 않다는 걸 알기에.
두고두고 보려고.

남은 너희들이
후회보다는 추억을 했으면 좋겠구나.

카메라 앞에 서는 마음.

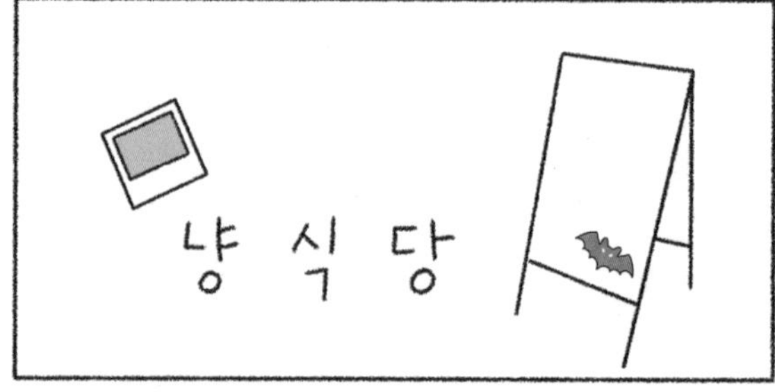
냥 식 당

드시지도 않으면서
뭘 자꾸 늘려요.

상장

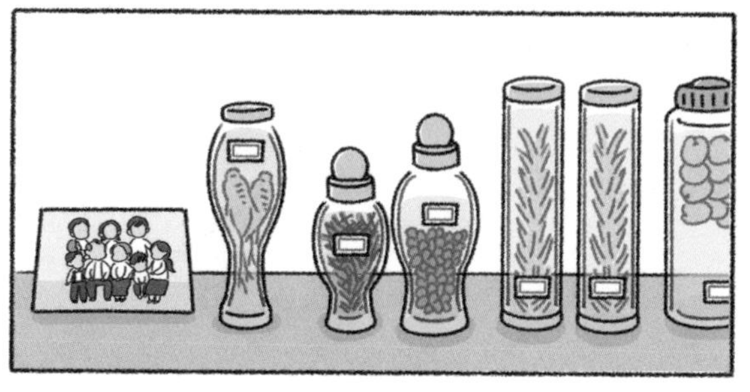

같이 한잔할래?

찬장에 담금주들.
다 드실 수는 있어요?
다 못 먹고 가지.

자식들이 이 집을 떠난 지 꽤 됐지만,
늘 누구 더 들어올 사람이 있는 거 마냥 마음이 허했다.

허한 마음을 채우고 싶어서
술병을 꽉꽉 채웠었나봐. 하하.

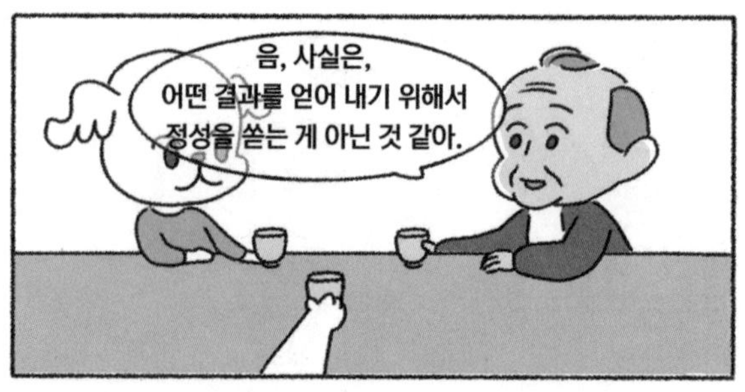
음, 사실은,
어떤 결과를 얻어 내기 위해서
정성을 쏟는 게 아닌 것 같아.

이 담금주들도
꼭 먹으려고 애써 만들어 놓은 건 아니거든.

손주 아이에게 무한한 애정을 쏟지만
보답을 받기 위함이 아니다.

뒷통수와 등을 어루만지던
할아버지의 따뜻한 감촉,
그 정도로만 기억해주어도 충분한 마음.

이 술들도 마찬가지지 뭐.

녀석들이 난 빈자리에,
혹은 녀석들 새로운 보금자리 한 귀퉁이에라도
잠시 머물러 있는 것으로 충분하다.

돌려받지 못할 걸 알면서도
마음을 내어 주는 일.

취(取)하지 않을 것에
정성을 쏟는 일.

여기도 한 병 놓고 가요.
좋다마다.

결과를 얻어 내겠다는
조바심들을 내려놓게 된 것은

노년이 준 선물인 걸까.

냥 식 당

아, 일어나야 하는데.

할 일이 산더미야…
누워 있을 때가 아니라고.

세 시간이 지났다.
세수라도 하고 오자.

다들 뭐해.
마침 잘 왔어.

와…
다코야키 파티~
…영혼이 어디로 갔지?

나 너무 게으른 것 같아.
이제 알았어요?
하루 이틀이야?
….

누군 분 단위로 일정을 계획하고
누군 하루에 세 시간씩 자면서
자기 계발을 한다는데.

이렇게 게을러서야.
뭘 이루고 뭘 해내겠다는 거야.
아마 난 안 될 거야…

열심 열심
아무도 안 듣는군.

다코야키 맞아?
뭘 만드는 거야.
기다려 봐.

넘치고 비고 엉망진창인 것 같지만

결국엔 완성.

있잖아.
서랍이나 미닫이문을 만들 때
일부러 빈틈을 만들어.

빈틈없이 딱 아물려 버린다면
여닫을 수가 없게 되니까.

집사는 집사한테 맞는 빈틈이 있는 거야.
적당히 느슨해지는 건 필요하다는 말이지.

할 땐 하잖아.
쉴 땐 푹 쉬어.

알겠어.
빈틈을 좀 더
즐겁게 써볼게.

...너무 쉬면 안 돼.
우리 밥은 사줘야지...
적당히 쉴게...

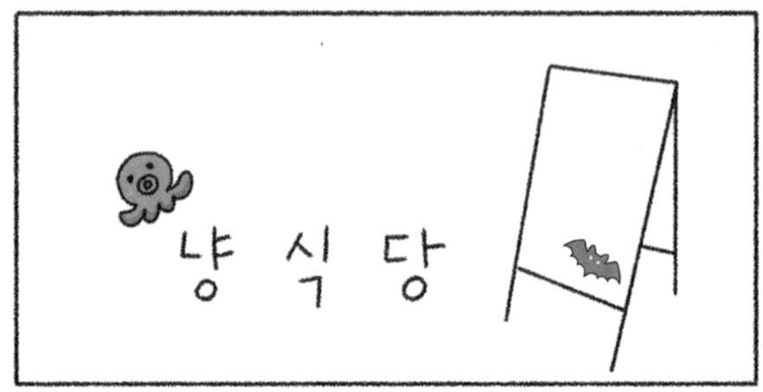
냥식당

싸이월드 복원!

아, 이런 사람도 있었지.
일촌명 왜 이래. 남사스럽군.
ㅋㅋ

꽤나 친하게
지냈었네...?

절절했네, 절절했어.
세기의 사랑이구먼.
풉

쓸쓸한 기분으로 입장
말주머니 바뀐 것 같은데.

그래,
쓸쓸한 기분이니까
뭐 해줄까?

글쎄,
순두부 쫄면?
카레 돈가스?
닭 스테이크?

음, 뭔가 구체적인데 뭐야.
추억의 음식들이야.

있잖아.
그 시절엔 팽팽하고 단단하다고
생각됐던 관계들이 말이지.

시간이 가다 보면 예상과 다르게
엉킬 때가 있었고,
느슨해지기도 했고,

이젠 더 이상 이어지지 않은
관계가 많잖아.
아쉽기도 하고 허무하기도 하고
이런저런 생각이 들어.

좀 더 노력했으면 끊어지지 않았을까?
어차피 끊어질 사이에
왜 그리 많은 시간과 마음을 들였나.

엉킨 걸 끊어낸 게 아니라
매듭을 지었다고 생각하자.

매 순간순간 잘 지은 매듭이
삶의 기반이 되어주고 있는 거야.

떨어져도 다치지 않을 수 있는 안전망이지.

잘 지내?

그 때 날 채워 준 달고 짠 기억들로
지금도 씩씩하게 살고 있어.

비록 전부 남아 있지는 않지만,

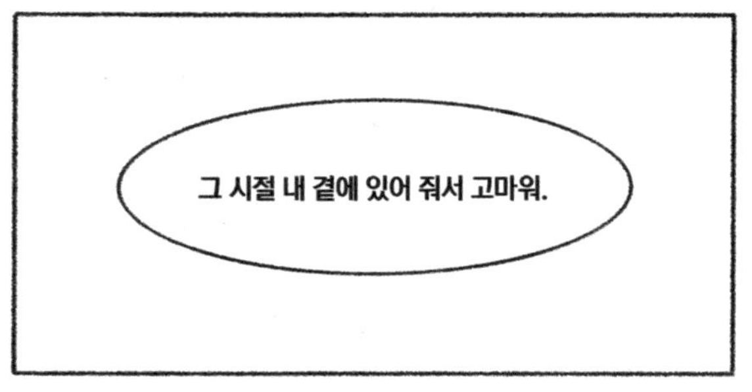
그 시절 내 곁에 있어 줘서 고마워.

냥식당

36 달콤한 삶의 의미

언젠가 다들
하늘로 돌아간다지.

슬프고 허무해.
우리 아직 안 죽었어...

달달한 게 땡긴다.
나도.
이런 늙은이들...

위잉위잉

달콤한 건 금방
녹아 없어지고 말아.

너도 늙었구나?
막내라고
무시하지 마.

없어진다고
생각하지 않아.

행복했던 순간들이
마음에 남잖아.

마음에 남은 기억들이
남은 이들의 삶을 이어 가는데
힘이 되어 준다면
그걸로도 내 삶이
의미있지 않나 싶고.
씨앗은 꽃이 되고
꽃은 다시 씨앗이 된다.

내가 어쩔 수 없는 하늘의 일이라면

함께 있는 지금의
달콤함을 즐기자.
사르르

활짝 피어있자.

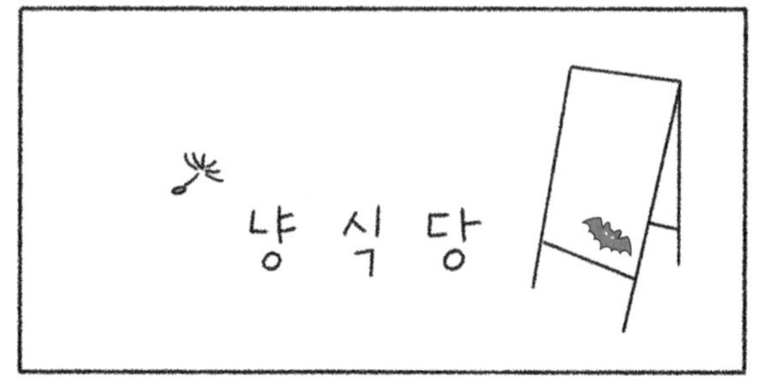
냥식당

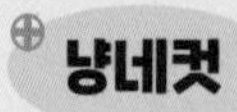

냥식당 메뉴 1

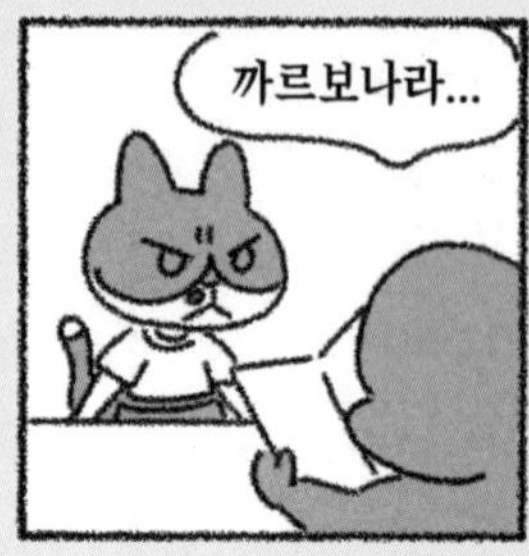

까르보나라...

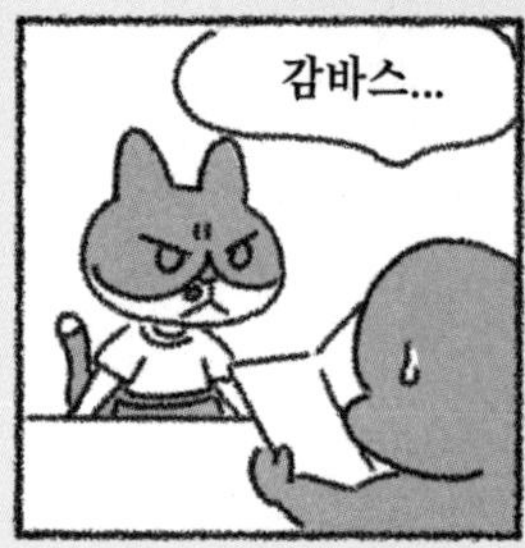

감바스...

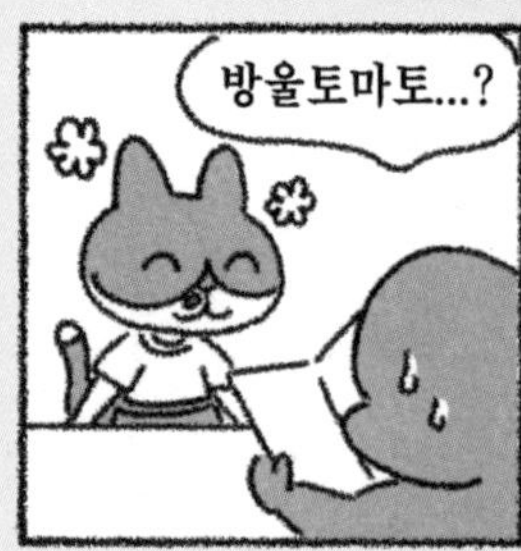

방울토마토...?

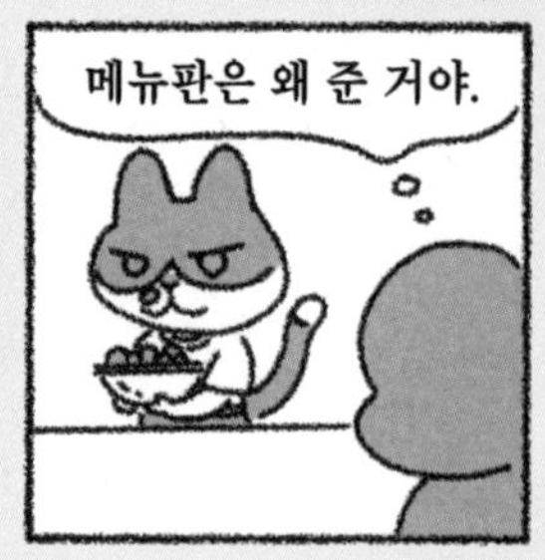

메뉴판은 왜 준 거야.

냥식당 메뉴 2

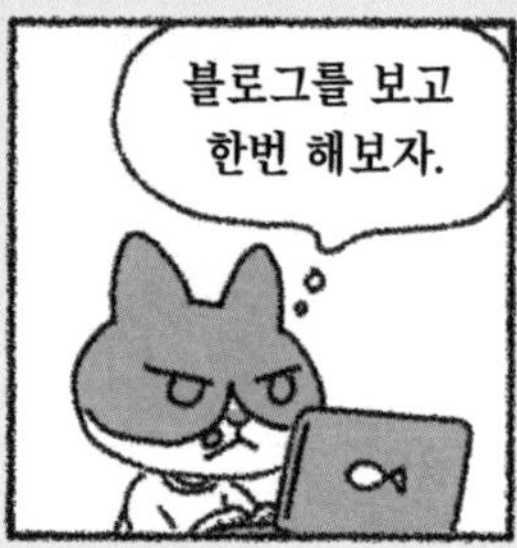

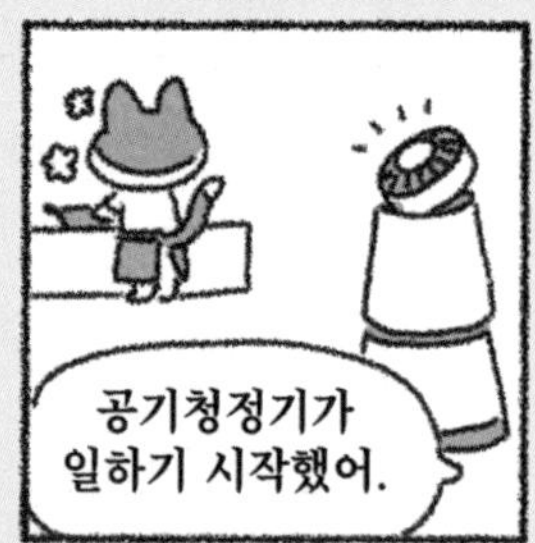

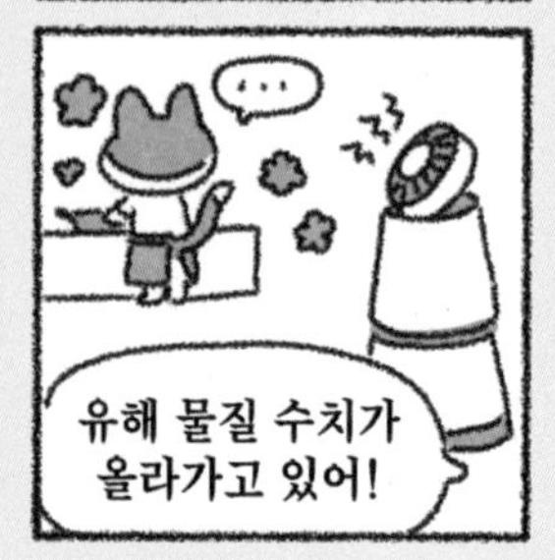

244 ~ 245

냥식당 메뉴 3

먹어볼래...?

오오, 이거
맛있네요!

구래...?

그저 마음이 약한
손님이었다.

냥식당 메뉴 4

저번에 반응이 좋았던
요리가 있는데!

오늘은 어쩐지
회가 땡기네.

그래...?
시무룩

모질지 못하긴
직원들도 마찬가지.

노년의 냥식당 1

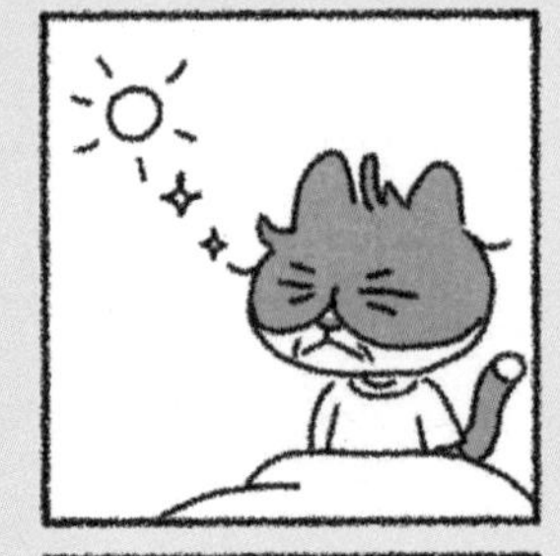

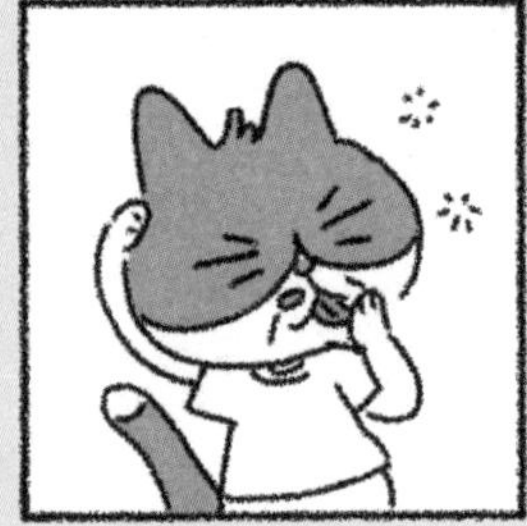

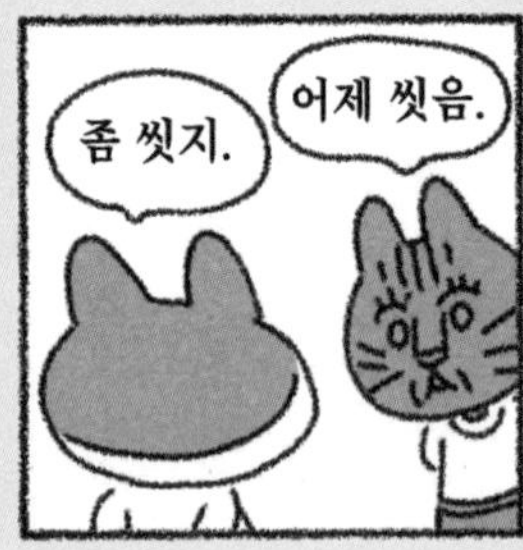

좀 씻지.
어제 씻음.

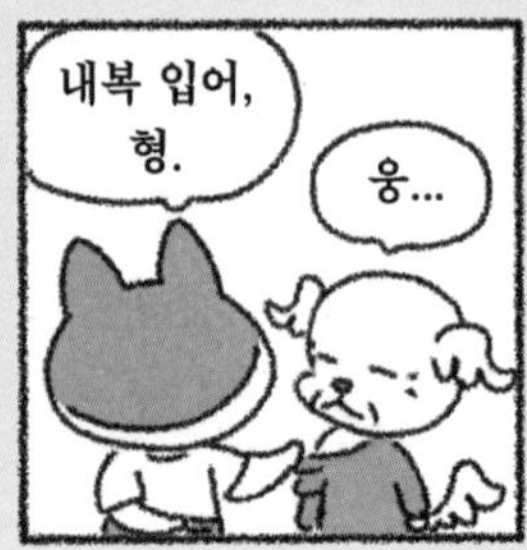

내복 입어, 형.
웅...

노년의 냥식당 2

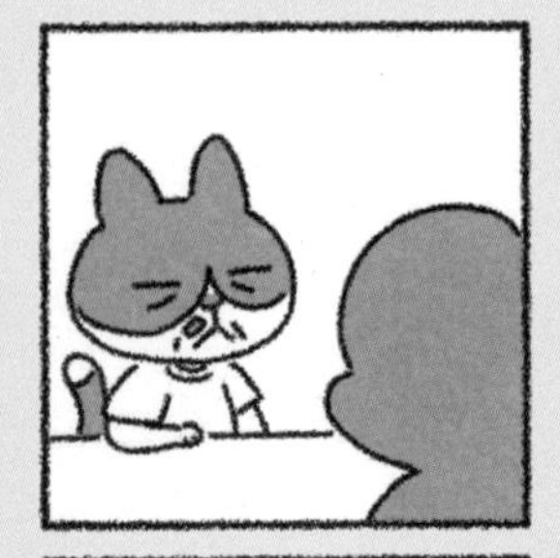

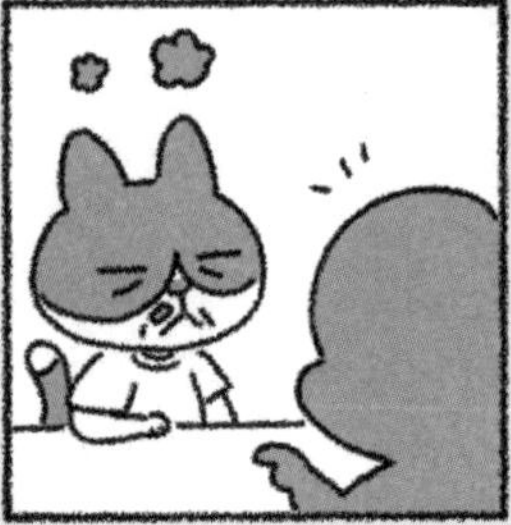

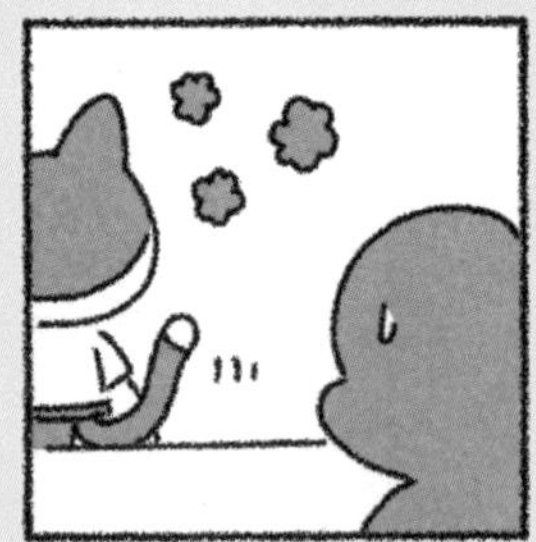

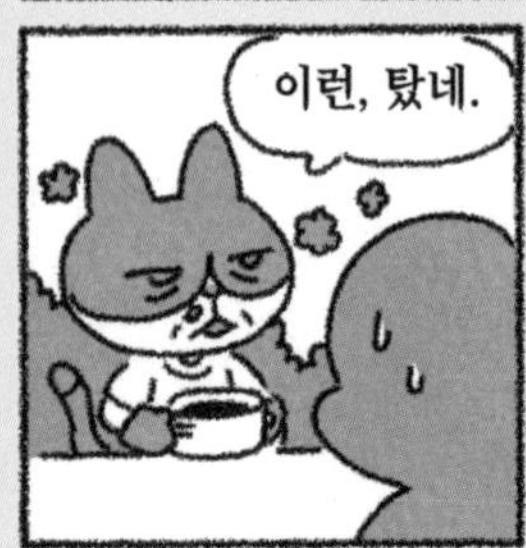

이런, 탔네.

노년의 냥식당 3

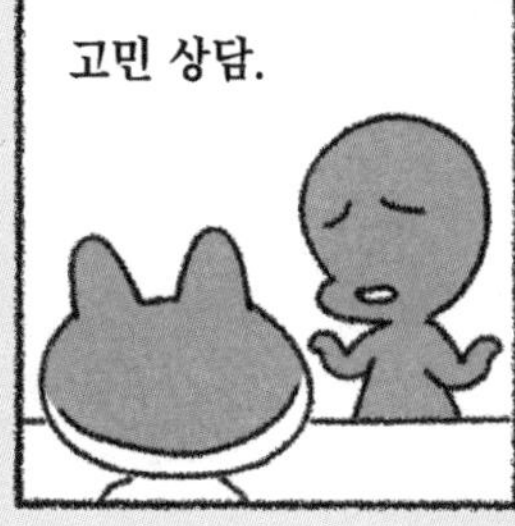

고민 상담.

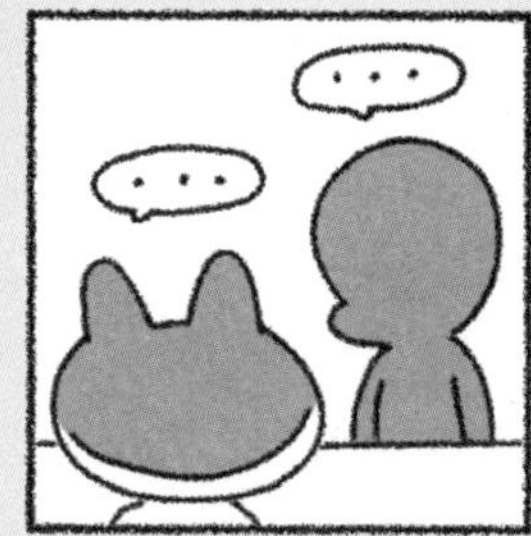

...
...

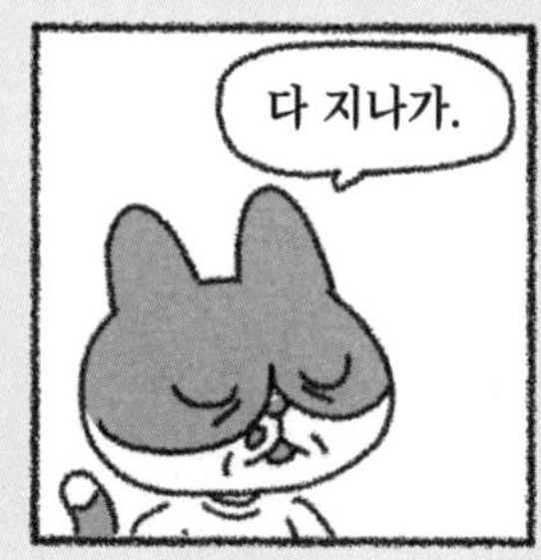

다 지나가.

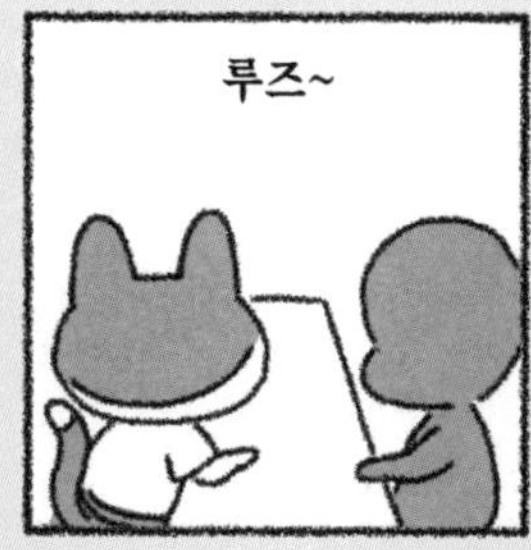

루즈~

노년의 냥식당 4

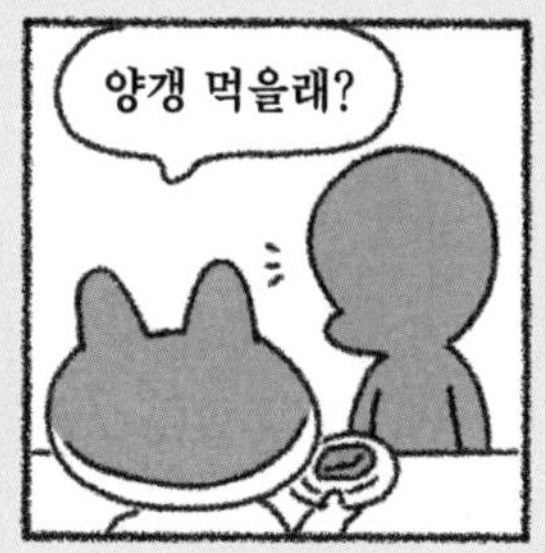

양갱 먹을래?

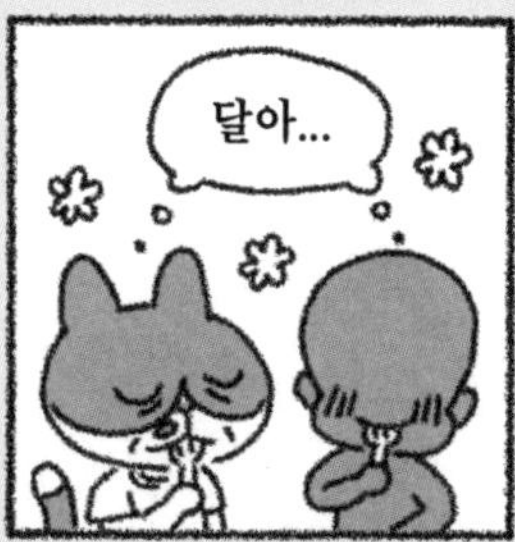

달아...

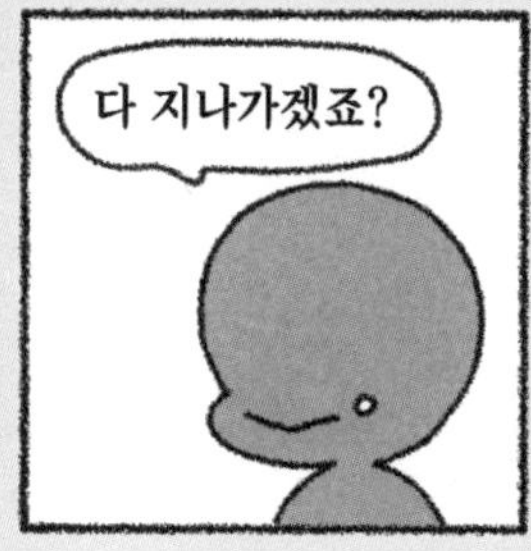

다 지나가겠죠?

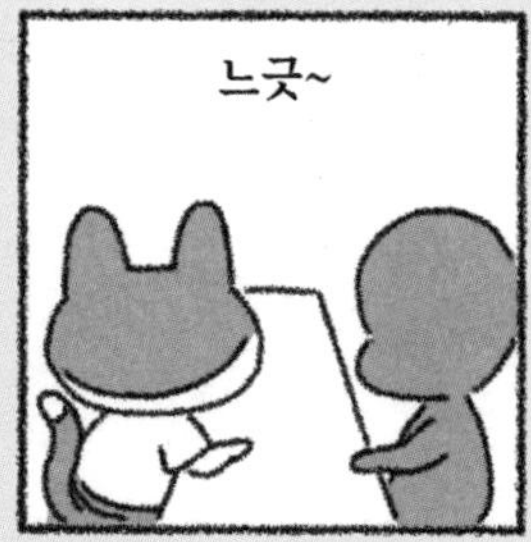

느긋~

CHAPTER 4

보내고 맞이할 날들

계절은 지나가고 돌아옵니다. 진부한 말이지만 좋은 날은 반드시 또 찾아와요. 매일 마시던 커피가 유달리 향기로운 날 더 깊고 긴 숨을 들이마시듯이, 어김없이 찾아와 준 고마운 하루를 오늘은 조금 더 만끽하도록 해요. 오늘 치 행복에 냥식당이 보탬이 되었으면 영광이겠습니다.

길고 힘들었던 하루.

약한 모습은 보이고 싶지 않아.

가볍게 여길 사람들에게도.

가슴 아파할 사람들에게도.

집에 들어가기 전 내 몫의 슬픔을 꿀꺽 삼켜낸다.

뭘 그렇게 봐.

?
후다닥

저기, 부탁 좀 할게!

내가 바빠서
못 살펴준 독자님이 있어.
이따가 꼭
자리 좀 내어 줘.
응...?

어서 오세요.

잘 버티고 있는 당신

조금 약해져도 괜찮아요.

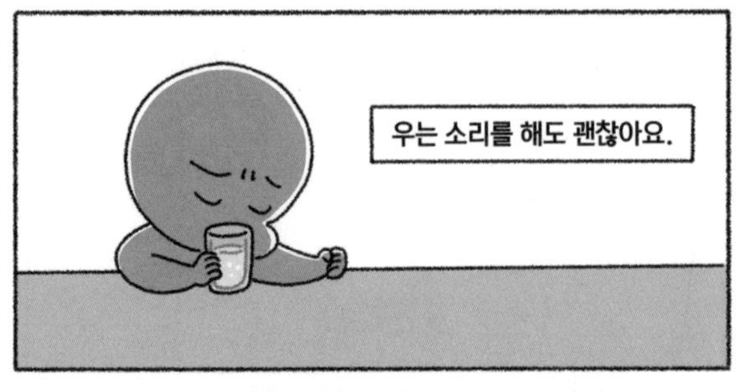
우는 소리를 해도 괜찮아요.

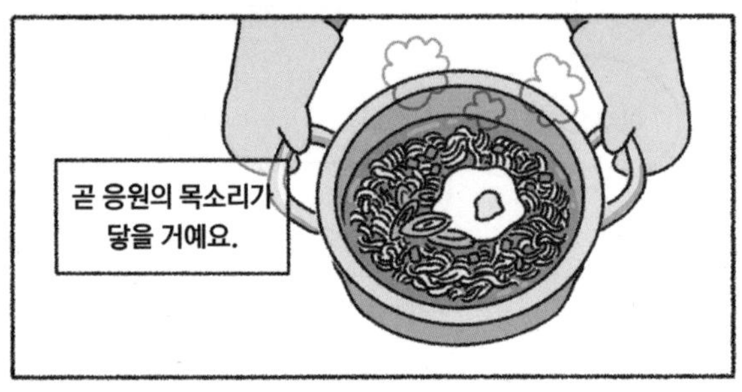
곧 응원의 목소리가
닿을 거예요.

당신에게 마음을 기울이는
누군가로부터.

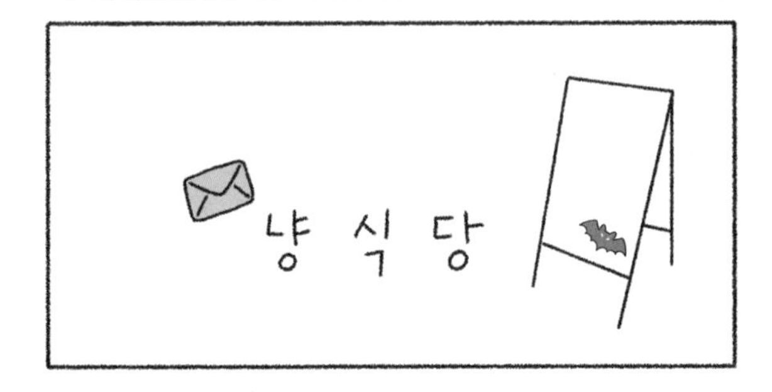
냥식당

당신의 이야기를 들려주세요

냥식당

초판 1쇄 발행 2022년 12월 26일
초판 2쇄 발행 2023년 3월 10일

지은이 | 이상아
발행인 | 김태웅
편집주간 | 박지호
기획편집 | 이선민
디자인 | 남은혜, 신효선
마케팅 총괄 | 나재승
제 작 | 현대순

발행처 | (주)동양북스
등 록 | 제2014-000055호
주 소 | 서울시 마포구 동교로22길 14(04030)
구입 문의 | 전화 (02)337-1737 **팩스** | (02)334-6624
내용 문의 | 전화 (02)337-1763 **이메일** | dybooks2@gmail.com

ISBN 979-11-5768-791-6 03810

▶ 도서출판 동양북스에서는 소중한 원고, 새로운 기획을 기다리고 있습니다.
http://www.dongyangbooks.com